www.ingramcontent.com/pod-product-compliance
Lightning Source LLC
LaVergne TN
LVHW010841051026
849532LV00007B/2784
9789369080311

جدید اردو افسانے

(حصہ : دوم)

مرتب:

مشرف عالم ذوقی

Jadeed Urdu Afsane - 2 *(Anthology)*

by: Musharraf Alam Zauqi

Edition: February '2025
Publisher :
Taemeer Publications LLC (Michigan, USA / Hyderabad, India)

ISBN 978-93-6908-031-1

کتاب	:	**جدید اردو افسانے** (حصہ:2)
مرتب	:	**مشرف عالم ذوقی**
صنف	:	فکشن
ناشر	:	تعمیر پبلی کیشنز (حیدرآباد، انڈیا)
سالِ اشاعت	:	۲۰۲۵ء
صفحات	:	۹۲
سرورق ڈیزائن	:	تعمیر ویب ڈیزائن

فہرست

گنبد کے کبوتر

— شوکت حیات

بے ٹھکانا کبوتروں کا غول آسمان میں پرواز کر رہا تھا۔

متواتر اُڑتا جا رہا تھا۔ اوپر سے نیچے آتا، بے تابی اور بے چینی سے اپنا آشیانہ ڈھونڈتا اور پھر پرانے گنبد کو اپنی جگہ سے غائب دیکھ کر مایوسی کے عالم میں آسمان کی جانب اُڑ جاتا۔

اُڑتے اُڑتے ان کے بازو شل ہو گئے۔ جسم کا سارا لہو آنکھوں میں سمٹ آیا۔ بس ایک اُبال کی دیر تھی کہ چاروں طرف......

لیکن یہ پڑوسیوں کے بچے بھی کم بدمعاش نہیں۔ مرغیوں کے ڈربے میں آدمی رہنے پر مجبور ہو جائیں اور مرغیاں وسیع و عریض ہال میں چہل قدمی کرنے کی سعادت حاصل کر لیں تو کئی باتوں پر نئے سرے سے غور کرنا ہوتا ہے...... لیکن بچے تو بچے ٹھہرے۔ اپارٹمنٹ کے بچے ہوں یا عام قصباتی گلیوں اور جھونپڑ پٹیوں کے بچے۔

بچے بھی اتنے بے ہنگم ہوتے ہیں...... اتنا شور مچاتے ہیں...... سارے فلیٹ کو سر پر اُٹھا لیتے ہیں۔ لیکن سر پر اُٹھانے کے لیے شہر کے سب سے بڑے اپارٹمنٹ کا سب سے چھوٹا ون بیڈ روم یونٹ بھی اس کا فلیٹ ہی تھا، جس میں کھیل کود کی سب سے کم گنجائش تھی۔ کارپیٹ ایریا کے نام پر چند انسانوں کے سانس لینے کے لیے جسم کے ہلنے ڈلنے بھر کی جگہ دی گئی تھی۔ چاروں طرف سے بند ڈربے۔ بس ایک چھوٹی سی بالکنی ہی راحت پہونچاتی تھی، جس کے بڑے حصے میں متعدد گملے سجے ہوئے تھے۔ گملوں میں انواع و اقسام کے پھولوں کے پودے لگے ہوئے تھے۔ گلاب، چنبیلی، زنیا، کروٹن اور...... جینے کی آرزو کے استعارے۔

دن بھر کا تھکا ماندہ، ہانپتے کانپتے بغیر لفٹ سے اپارٹمنٹ کی چوتھی منزل پر پہونچ کر وہ اپنے فلیٹ کی کال بیل بجاتا، بدحواسی پورے وجود پر طاری ہوتی۔

بچے پیروں سے لپٹتے، کاندھوں پر چڑھنے کی کوشش کرتے۔

''تم لوگ اب تک کلچرڈ نہیں ہو سکے...... دوسرے بچوں کو دیکھو...... سیکھو کچھ اُن سے کس طرح نہ ہونے کی طرح ہوتے ہیں۔ یہی تو ان کی شناخت ہے......!''

لیکن چھوٹی سی بالکنی میں آکر بیٹھ جاؤ...... گرم گرم چائے کی ایک پیالی مل جائے اور بچے خاموش اور مصروف ہوں تو معلوم ہوتا ہے کہ زندگی میں کسی اور چیز کی ضرورت نہیں۔ جنت میں اس سے زیادہ لطف آئے گا بھلا...... ساری تکان دُور ہو جاتی ہے۔

اپارٹمنٹ کے کیمپس میں بڑے سے پیپل کے درخت کو بلڈر نے اپنی جگہ سالم چھوڑ دیا تھا۔ اس کی ایک شاخ اس کی بالکنی تک پھیلی ہوئی تھی۔ سیمنٹ کے اس پہاڑ کے ساتھ پیپل کے درخت کا کولاژ جدید مصوری کے شاہکار نمونے کی طرح دکھائی دیتا تھا۔

گوریّوں کا جھنڈ چہچہاتا ہوا اپارٹمنٹ کی اس بالکنی میں منڈلاتا رہتا اور زندگی کی خوبصورتی کے گیت گاتا۔ ایک نٹ کھٹ گلہری تیزی سے آتی اور شرارت بھری آنکھوں سے اُسے گھورتی ہوئی پیپل کے درخت کی ٹہنی کے راستے پیڑ پر واپس چل دیتی۔ ہواؤں کی خنکی میں سورج کی سنہری کرنوں کی گرمی من پسند دل ربا اور سیم تن کی گرمی سے ذائقہ دار ہم آمیزی کا لطف دیتی۔

زندگی اتنی سفاک نہ بن......
سب کچھ داؤں پر لگا کر تجھے حاصل کیا ہے
یا ہنوز تجھے پانے کی جستجو میں ہوں......

وہ دھیمے سُر میں گنگناتا۔

وہسکی اور بیئر کو ملا دو تو اس کی تلخی دماغ کو جھنجھناتا ہوا لطف عطا کرتی ہے۔ سارا وجود ہلکا ہو کر آسمان میں اُڑنے لگتا ہے۔ اُوپر سے دیکھنے پر زمین پر چلنے والے لوگ کتنے بونے نظر آنے لگتے ہیں۔

ہوائیں تیز چلنے لگیں۔ پیپل کے پتے ہلنے لگے۔ پیپلیاں ٹوٹ کر گر رہی تھیں۔ گوریّوں کی چہچہاٹ معمول سے مختلف سماعتی پیکر اختیار کر رہی تھی۔

بغل والا پڑوسی کہہ رہا تھا۔

''اس بار پچھلے سال والا اُبال نہیں۔ دن خیریت سے کٹ جائے گا۔ موسم ٹھیک ہے۔ جینے کی چاہت قائم ہے...... آپ بھی مزے سے رہیے۔ نو پرابلم......!''

اپارٹمنٹ کے تمام بچوں کو میرے ہی فلیٹ میں مجمع لگاتا تھا۔ اُن کی کوئی کانفرنس ہے
َیا۔ نو بیڈروم اور تھری بیڈورم کے بڑے بڑے فلیٹ چھوڑ کر دن بیڈروم فلیٹ میں اُن کا
جماؤ۔ ہر جگہ بڑی مچھلی چھوٹی مچھلی کو نگل رہی ہے...... لیکن یہ تمام چھوٹی مچھلیاں مل کر بڑی
مچھلی کا روپ دھارن کرلیں تو......!

ٹیلی ویژن آن تھا۔ پرائیوٹ چینل کے پروگرام چل رہے تھے۔ دودھیا اسکرین پر تاریخ کی طویل صدیاں لمحوں کی نوک پر خود بخود آخری ہچکی لے رہی تھیں۔

''کوئی تو سمجھائے ان بچوں کو جاکر۔ ناگفتہ بہ حالات میں کیا آسمان سر پر اُٹھا لینے کا ارادہ ہے...... مجھے ڈر ہے! میرے پودوں، چھوٹی چھوٹی کونپلوں، کلیوں، پھولوں اور تلسی کی پتیوں، میرے گملوں پر کوئی ضرب نہ آجائے...... بڑی محنت سے انہیں سینچا ہے...... اجی سنتی ہو ...ذرا دیکھو...... اچھا چھوڑو...... شریف آدمی کو تو مرنا ہی پڑتا ہے...... کچھ مت کہو...... بچے تو بچے ہی ہیں...... پڑوسیوں کے بچے...... ہمکیں گے بھی تو کس حد تک جائیں گے......!''

بغل والے فلیٹ کے ینگ مین آف سکسٹی نوسین دادا کے ساتھ باہر نکلنے سے پہلے اُس نے بیوی سے بدبداتے ہوئے کہا۔ پھر اُن کے ساتھ چہل قدمی کرتے ہوئے دور تک نکل گیا۔ دادا بول رہے تھے۔

''ہاں صاحب! گھبرانے کی بات نہیں...... سب کچھ نارمل ڈھنگ سے ہو رہا ہے۔ اضطراری چیزیں زیادہ دنوں تک قائم نہیں رہتیں۔ امن واستقامت کی راہ اپنا کر ہی ہم اور آپ چین اور سکھ کی زندگی گزار سکتے ہیں...... میں تو پچھلے سال کے مقابلے میں بڑی تبدیلی محسوس کر رہا ہوں۔ راوی چین اور راحت کی سانسیں لکھتا ہے!''

پرانے زمانے کے سین دادا اُس کے ساتھ ہوتے تو اُردو کے ثقیل الفاظ کچھ زیادہ ہی استعمال کرتے تھے۔

سڑک پر گاڑیاں معمول کے مطابق چل رہی تھیں۔ چھٹی کے دن چہل پہل کی جو کمی عام طور پر دیکھی جاتی ہے، وہ اُس روز بھی تھی۔

پڑوسی نے سگریٹ کا لمبا کش لیا۔

''ارے صاحب، کیوں سوگواری کا موڈ طاری کیے ہوئے ہیں۔ میں سمجھ سکتا ہوں آپ اپنی بالکنی میں بچوں کے اکٹھا ہونے سے گھبرائے ہوئے ہیں۔ اپنے پودوں اور گملوں کے تحفظ

کے لیے بے چین ہیں ...... کچھ نہیں ہوگا۔آپ کے سارے گملے خیریت سے رہیں گے۔اب دوستوں سے ملنے چل رہے ہیں تو یوں اُداس نظر آنا چھوڑیئے انجوائے کیجئے دیکھیے گول گول گنبدوں کی گولائی اور نوکیلے اُبھار...... اُف ...... سامنے کے پُرکشش منظر سے جسم میں عجیب ترنگ پیدا ہو رہی ہے ...... ذرا دیکھئے آپ بھی ......!''

''اس عمر میں دادا آپ......!''

اس نے جملہ ادھورا چھوڑ دیا۔

اس کا دل دوسرے گنبدوں میں اُلجھا ہوا ہولناک کیفیات سے گزر رہا تھا۔سین دادا نرم وگداز جسمانی گنبدوں میں ٹامک ٹوئیے مارتے ہوئے چٹخارے بھر رہے تھے۔

''عمر کی کیا بات کرتے ہو...... ہمیشہ خود کو جوان سمجھو...... یہی زندگی ہے...... دیکھنا اور دیکھتے ہوئے ان رنگین تصویروں میں ڈوب جانا اور بار بار ڈوبنا اُبھرنا......!''

سین دادا نے پھر کہا۔

''ینگ مین، تم جوانی میں بوڑھا ہو گیا...... ذرا نظر تو اُٹھا،......!''

سین دادا نے اُس کے شانے پر اپنی انگلیوں کی گرفت سخت کر دی۔

آگے تین قیامتیں فاختاؤں کی چال چلتی ہوئی گپ شپ میں مصروف تھیں۔

''سین دادا آپ ان فاختاؤں میں اُلجھے ہوئے ہیں۔ ذرا اُوپر دیکھئے۔ بے ٹھکانا کبوتروں کا غول مستقل آسمان میں چکر کاٹ رہا ہے۔اپنے مستقر کے بے دردی اور بربریت کے ساتھ مسمار کر کے غایب کر دیئے جانے کے بعد کیسی بے گھری اور بے امانی جھیل رہا ہے۔ آپ ان کبوتروں کی آنکھیں دیکھ رہے ہیں...... ان میں اترتا خون، بے چارگی اور کچھ کر گزرنے کی تڑپتی ہوئی آرزوئیں محسوس کر رہے ہیں......!''

سین دادا اپنی دھن میں مگن تھے۔آسمان کی طرف نظر اُٹھانے کی ضرورت کیا تھی۔ اُن کے پاس تو پوری زمین تھی اور زمین پر آسمانی جلوے موجود تھے...... وہ ان سن رسیدہ لوگوں میں تھے جن کی آنکھوں سے بیویوں کے مرجانے کے بعد بھی شہوت کے شرارے پھوٹتے رہتے ہیں۔

اسے یاد آیا کہ ایک روز جب گارڈ نے اطلاع دی کہ اپارٹمنٹ کے نیچے ایک سانپ نظر آیا ہے تو سب پر دہشت طاری ہو گئی تھی۔ پورے اپارٹمنٹ میں ریڈ الرٹ کر دیا گیا تھا۔

وہ رات بھر سو نہیں پائے۔ ادھر اُدھر سے مانگ کر ڈنڈے اور لاٹھیاں جمع کر لی گئیں۔ کھڑکی دروازے سب کے سب مقفل تھے۔ آنکھیں پہرے دے رہی تھیں لیکن ہر آن یہ ڈر تھا کہ روشنی گل ہو گئی یا آنکھیں لگ گئیں تو پتہ نہیں سانپ کس کو ڈس لے۔

اسے تو بس اس بات کی فکر تھی کہ اس کی بالکنی میں آنے والی گلہری اور گوریوں کا جھنڈ متوحش نہ ہو جائے۔ کہیں سانپ انہیں نہ ڈس لے۔ مبادا اُس کے رنگ برنگ پھولوں والے گملوں، گلہریوں اور گوریوں سے جو کولاژ بنتا ہے، اس پر سیاہ بادل نہ منڈلانے لگیں۔

وہ چپ چاپ لوہے کی ایک چھڑ لے کر اپنی بالکنی میں جا کر بیٹھ گیا۔ بالکنی میں گوریوں نے چھوٹا سا گھونسلہ بنا رکھا تھا۔ چوں چوں کی آوازیں رنگین روشن فواروں کی طرح پھوٹ رہی تھیں۔ اُس نے اطمینان کی گہری سانس لی۔ اس کے ایک ہاتھ میں تین سیل والی ٹارچ تھی۔ اُس کی بیوی بک بک کرتی رہی۔ اُسے بھلا برا کہتی رہی۔ بالکنی سے ہٹنے کی ہدایت دیتی رہی۔ اُس نے طرح طرح سے اُسے سانپ کے زہر سے ڈرانے کی کوشش کی لیکن اس نے ایک نہ سنی۔ آخر کار اُسے کہنا پڑا کہ اگر بہت ڈر لگ رہا ہے تو بالکنی کا دروازہ اندر سے بند کر لے۔ وہ گوریوں کے گھونسلے کی حفاظت پر مامور رہے گا۔ بہت دیر تک اُس کی بیوی بچے منت سماجت کرتے رہے، اُسے خبطی اور بے وقوف قرار دیتے رہے لیکن اس نے گوریوں کی ننھی سی جانوں سے لا پرواہی کے لیے خود کو کسی قیمت پر آمادہ نہیں کیا۔

کسی فلیٹ میں سانپ نہیں ملا۔ تمام کونے کھدرے جھاڑے گئے۔ بکس اور کپ بورڈ کی چھان پھٹک کی گئی۔ بچے تو بچے ہی ٹھہرے۔ کچھ دیر تک سانپ کا چکر انہیں دلچسپ تماشے کی طرح لگا۔ بڑوں کے کاموں میں وہ پوری تندہی کے ساتھ ہاتھ بٹاتے رہے۔ بعد ازاں سب کے سب تھک کر جہاں تہاں سو گئے ...... بڑے بوڑھے رات بھر جاگتے رہے اور بالآخر صبح ہونے پر سب کے سب اس نتیجے پر پہنچے کہ یہ ایک افواہ تھی جو اُنہیں رات بھر پریشانیوں میں مبتلا رکھنے کے لیے اُڑائی گئی تھی۔ تفتیش کی گئی کہ سب سے پہلے یہ خبر کس نے اُڑائی تھی۔ آخر کار اپارٹمنٹ کا گارڈ شک کے گھیرے میں آ گیا۔ سب اسی کی کرتوت ہے۔ محافظت کی ذمہ داری میں وہ گھپلا کر رہا ہے۔

صبح کی نرم و نازک ہواؤں کے ساتھ تتلیاں اُڑتی ہوئی پھولوں کی طرف آئیں۔ بھنورے پھولوں کا چکر کاٹنے لگے۔ گھونسلے سے گوریوں کے جھنڈ نے دانہ چگنے کے لیے اُڑان

بھری۔ سورج کی نرم کچی کرنوں نے اُس کی بالکنی کو گلے لگایا تو اُسے محسوس ہوا کہ جینے کے جواز ابھی ختم نہیں ہوئے۔

''دادا میرا دل نہیں لگ رہا ہے...... اب واپس چلیں... نہ معلوم میرے پھولوں کا کیا حشر ہوا ہوگا۔ بچوں کی بھیڑ کے ارادے نیک نہیں معلوم ہوتے......!''

''تم خواہ مخواہ وہمی ہو گئے۔ کسی نہ کسی فلیٹ میں سب برابر اکٹھا ہوتے ہیں۔ اس بار تمہارے فلیٹ کی باری ہے۔ آخر تمہارے بچے بھی تو ان میں شامل ہیں..... گھبرانے کی کیا بات ہے......!''

''دادا...... میرا دل نہ جانے کیوں گھبرا رہا ہے...... یہ بے اماں کبوتروں کا اُڑتا ہوا غول دماغ میں عجیب قسم کی وحشت پیدا کر رہا ہے۔ اُن کی جائے اماں ان سے چھن گئی۔ گنبدوں کی بلندی دھول چاٹ رہی ہے۔ یہ کبوتر اب کہاں جائیں دادا...... اُنہیں کہاں آسرا ملے گا......؟''

''تم ینگ مین..... پازیٹو ہو کر سوچو تو ہر جگہ ٹھکانا ہی ٹھکانا ہے..... گنبد، پہاڑوں کی سفاک چوٹیاں، پتھریلے غار اور گھنے جنگل کے درختوں کی ڈالیاں..... موسموں کے سرد و گرم جھیلنے کے لیے تیار رہو..... یار، اپنی کھال تھوڑی کھر کھری بناؤ......!''

ہر طرف اندر ہی اندر مختلف آہٹیں تھیں ...... کہیں پھلجھڑیاں چھوٹ رہی تھیں، کہیں شہنائی پر ماتمی دُھن بج رہی تھی۔ ایک مدت کے بعد وہ عجیب وغریب لمحہ ایک نقطے پر منجمد ہو گیا تھا، جہاں سے بیک وقت خوشیوں اور غم کے دھارے پھوٹ رہے تھے۔ بظاہر چاروں طرف سراسمگی اور گہرا سناٹا تھا جو آنے والے بڑے طوفان کا نقیب معلوم ہو رہا تھا۔

سین دادا دونوں جذبوں سے یکسر بے نیاز تھے۔ ان پر شہوانی جذبات حاوی تھے۔ جن دوستوں کے یہاں جا رہے تھے، ان کی عورتوں کو للچائی ہوئی نظروں سے دیکھ رہے تھے۔ کئی جگہوں سے ہوتے ہوئے وہ دونوں مسٹر تھامسن کے گھر پہونچے..... مسٹر تھامسن مہمان نواز انسان تھے۔ اُنہوں نے جھٹ نئی بوتل نکال لی۔ گلاس سامنے رکھ دیئے۔ اُن کے گھر کی نوجوان خادمہ مس ریزہ بڑی پھرتی سے ہر کام میں ہاتھ بٹا رہی تھی۔

جھٹ پٹ اس نے فریج میں رکھے ہوئے گوشت کے قتلے کئے اور انہیں فرائی کر کے اُن کے آگے رکھ دیا۔ گرم گوشت سے اُٹھتی ہوئی بھاپ سے سین دادا کے جسم میں سنسنی کی لہر دوڑ گئی۔ مسٹر تھامسن پہلے ہی سے شغل میں مصروف تھے۔ اُن کا نشہ آسمان کو چھو رہا تھا۔ سین

دادا بھی مست ہو رہے تھے۔ اُن سے برداشت نہ ہوا۔ اُنہوں نے نیم برشٹ کاجو کی پلیٹ بنی ہوئی مس ریزہ کی ننگی گرم پنڈلی پر اپنی لرزتی ہوئی انگلیاں رکھ دیں۔

اس نے بڑے پیار سے سین دادا کے ہاتھ کو اپنے ہاتھ میں لے کر عقیدت بھرا بوسہ دیا اور اُن کا پیگ بنا کر گلاس اُن کے ہونٹوں سے لگا دیا۔ ایک لمحے کے لیے ان کی مدت کی پیاس بجھ گئی۔ دل کو قرار آ گیا۔ دوسرے ہی لمحے اُن کی تڑپ اور شدت اختیار کر گئی۔ شریانوں میں خون کا دباؤ بڑھ گیا...... اُن کی انگلیاں ایک بار پھر مس ریزہ کی برہنہ پنڈلی کو چھوتی ہوئی اس کی سڈول جانگھوں کی طرف رینگنے لگیں۔

مس ریزہ کچھ دیر مبہوت رہی۔ کوئی تاثر اُس کے چہرے پر نہیں تھا۔ اُس نے کوئی تعرض نہیں کیا۔ اُن کی انگلیاں اور آگے بڑھنے لگیں۔

مس ریزہ کی آنکھوں میں آنسو ڈبڈبانے لگے۔

دراصل مس ریزہ سین دادا کو دیکھ کر ماضی کی وادیوں میں کھو گئی تھیں۔ اُسے اپنا بچپن یاد آنے لگا تھا۔

''مائی لوِنگ ڈوٹر ریزہ......

لائف از اینڈلس اسکائی......

یو ہیو ٹو گو لانگ وے...... ویری لانگ......''

اس کے مشفق باپ کی آنکھوں میں کیسے کیسے خواب تھے۔ وہ باپ سے لپٹ گئی...... ننھے ننھے پیروں سے اس کے کندھوں پر چڑھ گئی...... مسٹر سین کے چہرے کی اس کے باپ سے مشابہت نے اسے چشم زدن میں اُن کے قریب کر دیا تھا...... بعدازاں اس کے باپ نے تابوت میں سکونت اختیار کر لی۔ ہواؤں کے دوش پر اُڑتی ہوئی پتی کی طرح کئی جگہوں سے ہو کر اُسے تھامسن کے یہاں آسرا ملا تھا جو اس علاقے میں بڑا عزت دار شخص گردانا جاتا تھا...... یہاں اُسے بہت دباؤ اور جبر میں ہنستے اور خوش دکھتے ہوئے خود کو تھامسن کے حوالے کرنا پڑا تھا۔

اس کے لیے کوئی اور راستہ بھی نہ تھا...... کئی دروازے اُس نے بدلے تھے۔ ہر دروازے پر زبانیں لپلپاتے، رال ٹپکاتے، سرخ آنکھوں والے حیوان موجود تھے۔ پھر مسٹر تھامسن کیا بُرے تھے۔ صاف ستھرے خوشبودار انسان۔ ان کے لمس میں کم از کم اُسے جمالیاتی

طور پر کسی کراہیت کا احساس نہ ہوتا تھا۔ سین دادا مس ریزہ کی ان کیفیات سے بے خبر سرشاری اور لذت یابی کی اپنی دنیا میں محو تھے۔ وفورِ جذبات سے اُن کی پلکیں مُندنے لگی تھیں

مس ریزہ نہ چاہتے ہوئے بھی اُن کے نزدیک کھڑی تھی۔ نشہ کی حالت میں بھی مسٹر تھامسن نے سین دادا کے ارادے کو بھانپ لیا تھا۔ وہ ایک دریادل انسان تھے۔ شراب و کباب میں تو دوسروں کی شرکت پسند کرتے تھے، لیکن اور کسی نجی چیز میں اُنہیں کسی کی حصہ داری منظور نہ تھی۔

انہوں نے خشم گیں نگاہوں سے مس ریزہ کی طرف دیکھا۔ مس ریزہ جس کی آنکھوں میں سین دادا کے لیے ہمدردی اُمنڈ آئی تھی، تھامسن کی کیفیت دیکھ کر شپٹا گئی اور خالی پلیٹ اُٹھا کر آنسو پونچھتی ہوئی کچن کی طرف بڑھ گئی۔ پھر وہ نظر نہ آئی۔ یہاں تک کہ ضرورت پڑنے پر مسٹر تھامسن کو اُسے چیخ کر بلانا پڑا۔

اُس نے سوچا، اُس کے اور مس ریزہ کے دکھ میں کس کا دکھ بڑا ہے۔ غٹرغوں کرتے ہوئے کبوتروں کا غول اس کے سر پر منڈلانے لگا۔ اس نے ہامی بھری۔ اس سے بڑا غم تو ان بے اماں کبوتروں کا ہے جنہیں اب ساری عمر ہجرت کا عذاب جھیلنا ہے...... کئی نسلوں سے وہ ان گنبدوں کے باشندے تھے...... لیکن اب......

اُسے سین دادا اور مسٹر تھامسن کی مےنوشی پر غصہ آنے لگا۔ سین دادا بولتے ہیں ینگ مین غم بھلاؤ...... انجوائے کرو...... ایسے حالات میں بھلا کوئی انجوائے کرسکتا ہے......

اندرون خانہ سے برتنوں کے گرنے کی آواز آرہی تھی۔

متوحش سی ریزہ دوڑتی ہوئی آئی۔

"انکل...... ایک کبوتر گھر کے اندر داخل ہو گیا ہے...... بغل والے پڑوسی کی بلی اس پر جھپٹنا چاہ رہی تھی...... کبوتر کچن میں برتنوں کے بیچ چھپ گیا ہے۔ بڑی مشکل سے میں نے بلی کو بھگایا اور کچن کا دروازہ بند کر کے آرہی ہوں......!"

اس کا کلیجہ دھک سے ہو کر رہ گیا۔ اس نے سین دادا کی آنکھوں میں جھانکا پھر تھامسن کو دیکھا۔ نشے کی چمک ہونے کے باوجود اُن کی آنکھوں میں کبوتر کے بارے میں سن کر سراسیمگی پیدا ہو گئی تھی۔ دونوں کے سر جھک گئے جیسے کوئی افتاد آپڑی ہو۔

اسی وقت باہر کے دروازے پر کسی نے دستک دی۔

''مسٹر تھامسن مسٹر تھامسن......!''

اُداس اور سراسیمہ ریزہ نے دروازہ کھولا۔

پڑوسی مسٹر جان کھڑے تھے۔

'مس ریزہ... مسٹر تھامسن کو بلاؤ......!''

''کیا ہے بھائی......!'' مسٹر تھامسن نشے میں جھومتے ہوئے بھاری بھاری قدموں سے باہر آئے۔

''میرا کبوتر آپ کے یہاں آگیا ہے...... آپ جانتے ہیں کہ میری مدر ان لا پرانی مریض ہیں...... آج کل ان کے ہاتھوں میں سنسناہٹ رہتی ہے۔ ڈاکٹر نے کبوتر کا جوس تجویز کیا ہے... اسے ذبح کر ہی رہا تھا کہ اُڑ کر آپ کے یہاں چلا آیا......''

''ہاں... ہاں...... میرے یہاں آکر چھپ گیا ہے...... ابھی ابھی مس ریزہ نے مجھے رپورٹ دی ہے...... ایک بلی بھی ہے جو اس کی جان کی دشمن بنی ہوئی ہے...... مس ریزہ جاؤ...... ان کا کبوتر انہیں واپس کردو...... آیئے...... آپ ڈرائنگ روم میں بیٹھیں مسٹر جان...... کچھ ہو جائے جب تک!''

''اوہ نو تھینکس...... میں صرف ویک اینڈ میں لیتا ہوں...... دوسرے روز چھٹی رہتی ہے...... سویرے اُٹھنے کا چکر نہیں ہوتا...... کمبخت کو لینے سے مجھے نیند نہیں آتی ہے......!''

ہزار اندرونی شکست وریخت سے گزرنے کے بعد ناچار مس ریزہ کبوتر کو پکڑ کر لے آئی تھی...... لیکن اُس نے دیکھا کہ اُس کے پورے وجود پر کپکپاہٹ طاری تھی...... مسٹر تھامسن نے اُس کی آوازوں کو سُنا...... بہت دنوں سے وہ اُسے خود سے اسی طرح کی باتیں کہتے ہوئے سُن رہا تھا...... خاموش نگاہوں سے وہ بدبدا رہی تھی۔

......لڑ نہیں سکتا تو بھاگ جانا نامراد...... اُڑ جا...... بستیوں سے دُور وسیع آسمانوں اور جنگلوں کی طرف بھاگ......

لیکن سہا ہوا کبوتر اُس کی ہتھیلیوں میں سکڑتا سمٹتا چھپنے کی کوشش میں مصروف تھا...... اور جب مسٹر جان نے 'تھینک یو...... تھینک یو......' کہتے ہوئے اُسے پکڑنے کے لیے ہاتھ بڑھایا تو مس ریزہ کے اندرون سے کسی نے اُچھال لگائی۔

اس منظر نامے میں اُس کی سمجھ میں نہ آیا کہ کس میں لرزش زیادہ تھی ...... کبوتر میں یا مس ریزہ میں ...... یا وہ خود زیادہ لرز رہا تھا ...... یہ کبوتر کہیں ...... اچانک اُسے خیال آیا۔

بے اماں کبوتر ...... شاید ان میں سے ایک بوڑھی عورت کے ہاتھوں کو حرارت پہونچانے کے لیے مذبح کا اسیر ہو گیا ......

مس ریزہ نے ہتھیلیاں ڈھیلی کر دیں۔ اس کے اندر کسی نے اچھل کر جیسے اُس کے ہاتھوں کو جھنکا دیا۔

لڑنہیں سکتے تو کم از کم بھاگ تو سکتے ہو ...... ہائے نامراد ...... تو نے یہ صلاحیت بھی کھو دی ......!

کبوتر اڑا اور روشن دان پر جا کر بیٹھ گیا۔

مسٹر تھامسن نے ایک طمانچہ اُس کے گال پر جڑ دیا۔ وہ بے حد غصے میں تھے۔ مس ریزہ پر سکتہ طاری ہو گیا ...... تھامسن نے ٹیبل پر اسٹول رکھ کر اُسے پکڑنے کا حکم دیا۔ اس کوشش میں اسٹول کھسکنے سے مس ریزہ گری ...... اسے شدید چوٹیں آئیں ...... سین دادا اُسے اُٹھانے کے لیے آگے بڑھے لیکن تب تک مسٹر تھامسن نے بڑھ کر اُسے اٹھا لیا تھا ...... ان کے سینے سے لگی ہوئی مس ریزہ کانپ رہی تھی۔

وہ دونوں اُٹھ گئے۔

''اجازت ہے مسٹر تھامسن ...... آپ کی محفل میں بڑا لطف آیا ......!''

''لیکن یہ صاحب تو اتنے سوگوار ہیں کہ انہوں نے کوئی مزہ نہ لیا ......!''

سین دادا نے بڑے پیار سے اُس کے شانوں پر ہاتھ رکھ دیا ویسے کنکھیوں سے وہ مستقل کانپتی ہوئی مس ریزہ کو دیکھے جا رہے تھے۔

''اُس کی اداسی برحق ہے ...... لیکن میرا کہنا ہے کہ خواہ مخواہ اُداس ہونے کا فائدہ کیا ہے ...... کوئی راستہ نکلتا تو ٹھیک تھا ...... آپ کے پاس لایا تھا کہ انگور کی بیٹی کے ساتھ شغل کرے گا تو بہل جائے گا ...... لیکن یہاں کبوتر اور بلی کا تماشا دیکھ کر یہ اور بھی اُداس ہو گیا ...... کوئی بات نہیں ...... اپنی اپنی قسمت ہے ...... آپ نے بڑی فیاضی دکھائی ...... اس گرما گرم محبت کا شکریہ!''

رخصت ہونے سے قبل اُنہوں نے مس ریزہ کو بھرپور نگاہوں سے دیکھا جو اس متوحش انداز میں بھی بلا کی حسین لگ رہی تھی ......

"بائی بائی ریزہ　　بائی مسٹر تھامسن...... گڈ نائٹ......!"

اس روز کئی دوستوں کے یہاں دونوں گئے تھے۔ سب نے اُس روز کے اہم ترین واقعے پر بات چیت کرنے سے گریز کیا تھا۔ لوگ دل ہی دل میں یا تو رو رہے تھے یا ہنس رہے تھے۔ عجیب بے بسی اور دلی خوشی کی کیفیتیں تھیں جن سے مختلف لوگ اپنے اپنے حساب سے گزر رہے تھے لیکن تمام کیفیات اور بے نیازی کے باوجود ایک سوال سب کو کرید رہا تھا۔

"اب کیا ہوگا...... آئندہ کیا ہونے والا ہے......؟"

وہ ادب گیا تھا۔ تھامسن کے یہاں اس نے بھی مئے نوشی کی لیکن اُسے نشہ آنا تو دور، ہلکا خمار تک نہ ہوا۔ رہ رہ کر اُسے اپنے گملوں کے پودے، بالکنی اور بچوں کے اجتماع کا خیال آرہا تھا۔ ایک عجیب تشویش میں وہ تمام وقت مبتلا رہا۔

اس علاقے کے تمام دوستوں کے یہاں سین دادا نے جی بھر کر انجوائے کرنے کے بعد واپسی کا ارادہ کیا۔ اُن کے قدم لڑکھڑا رہے تھے۔ گلابی نشہ پورے وجود پر طاری تھا۔ ریزہ کی لمحاتی قربت نے اُنہیں عجیب کیف وسرور سے سرشار کر رکھا تھا پھر بھی اتنا ہوش اُنہیں تھا کہ ہم سفر کی چارہ جوئی کرنی ہے۔ اُسے اپنے پھولوں، پودوں اور گملوں کی سالمیت کے تعلق سے ڈھارس بندھاتی ہے۔ راستے بھر ان کا انداز پچکارنے اور دلارنے والا رہا۔

"گھبراؤ نہیں بچے...... سب ٹھیک ہو جائے گا!"

گیٹ پر اپارٹمنٹ کے گارڈ نے اُن کے داخل ہونے کے لیے راستہ چھوڑ دیا۔ چاروں طرف خاموشی تھی۔ اپارٹمنٹ کی سیڑھیوں پر اُس نے سین دادا کو سہارا نہ دیا ہوتا تو وہ لڑکھڑا کر گر پڑتے۔ تیسری منزل پر بہ دقت تمام اُس نے دادا کی جیب سے اُن کی فلیٹ کی چابی نکال کر ان کا انٹرلاک کھولا۔ اُنہیں ان کے فلیٹ کے اندر داخل کیا۔ یہ یقین ہو جانے کے بعد کہ دادا نے اندر سے چٹخنی لگالی ہے، وہ اپنے فلیٹ کی جانب روانہ ہوا۔ اُوپر کی منزل کی سیڑھیاں طے کرتے ہوئے اُس کے قدم کانپ رہے تھے۔ دل ایک انجانے خوف سے لرز رہا تھا۔

کال بیل بجانے پر بیوی نے دروازہ کھولا تو اس کی آنکھیں سوجی ہوئی لگیں جیسے بہت دیر سے روتی رہی ہو۔

''کیا حال ہے میرے پھولوں کا......؟''

''خود دیکھ لو جا کر......!''

بچے اپنے بستروں میں گہری نیند میں مبتلا تھے۔ سب کے چہروں پر ایسی اذیتیں جیسے کوئی ڈراؤنا اور تکلیف دہ خواب دیکھ رہے ہوں۔ آخر وہی ہوا جس کا ڈر تھا۔ اس کے جسم میں کاٹو تو لہو نہیں۔ بالکنی کے کھلتے ہی وہاں کے ٹوٹے پھوٹے منتشر حال زار نے اُسے اپنی گرفت میں لے لیا۔ نُچے ہوئے پھول، موزائک کے فرش پر مسلی کچلی بکھری ہوئی پھولوں کی پنکھڑیاں...... ٹوٹے پھوٹے گملے...... گملوں کی مٹیوں کے جابجا ڈھیر...... گوریّوں کے گھونسلوں کے منتشر تنکے...... گوریوں کا کوئی پتہ نہیں تھا...... گلہریاں، تتلیاں اور بھنورے تو اب ایک مدت تک دکھائی نہیں دیں گے......اس کی بالکنی کا سارا حسن ملیا میٹ ہو چکا تھا......

آخر بچوں نے اپنے کھیل میں میرا سب کچھ......

اس کا اندیشہ صحیح نکلا۔ اُس دن اپارٹمنٹ میں گھسے سانپ کو چند بچوں نے اپنے قبضے میں لے لیا تھا اور اس سے کھیلنے کے خطرناک عمل کے عادی ہو گئے تھے۔ اسی لیے تو بچے اتنے زہریلے اور وحشی ہو گئے تھے۔

آسمان میں گنبد کے خون آلود کبوتروں کا غول مستقل جائے اماں کی تلاش اور کچھ کر گزرنے کے جنون میں چکر کاٹ رہا تھا۔

بیوی سے اُس کی نگاہیں ملیں تو اُسے اچانک احساس ہوا کہ گھر میں میت پڑی ہے اور باہر کرفیو میں اس کی تدفین ایک سنگین مسئلہ ہے۔

☆☆☆

آثار

— شفق

میں راشد کو اچھی طرح جانتا ہوں۔

وہ خوبصورتی کی جری موری ہے۔ نام بھی خوبصورت، چہرہ بھی خوبصورت اور رُوح بھی خوبصورت، مگر اس طرف لوگوں سے اس کے متعلق طرح طرح کی کہانیاں سُنیں، وہ بدل گیا ہے اُس نے اپنا گھر بدل لیا ہے، وہ ایسا ہو گیا ہے وہ ویسا ہو گیا ہے۔ راشد بدل بھی سکتا ہے مجھے اس بات پر یقین نہیں، یہ یقین راشد سے برسوں کے مراسم کی وجہ سے ہے۔ راشد کو میں اسکول کے زمانے بلکہ اس سے پہلے سے جانتا ہوں اس کا ننھیال میرے پڑوس میں تھا اور میں ایک خوبصورت سے پھولے پھولے گالوں والے گورے چٹے لڑکے کو کبھی کبھی وہاں دیکھتا تھا، پھر ہم اسکول کے ساتھی بنے اور یہ سفر کالج تک جاری رہا۔ اس طویل رفاقت میں اس کی ذات کا کوئی گوشہ مجھ سے پوشیدہ نہ تھا۔ اس کے خاندان والے انتہائی موڈرن تھے، نہ جانے کیسے لباس پہنتے، ہمارے شہر میں وہ فیشن برسوں بعد آتا، ٹیڈی فیشن اسی گھر سے شہر میں پھیلا تھا اور وبائی صورت اختیار کر گیا تھا۔ راشد کے خوبصورت جسم پر لباس خوب کھلتا تھا اور یہ کہنا مشکل ہوتا کہ لباس کی وجہ سے وہ خوبصورت لگتا ہے یا لباس اس کی وجہ سے۔ میں مذاق میں اس سے کہتا: ''کیوں پڑھائی میں اپنا وقت برباد کر رہے ہو تمہیں تو کوئی بھی ایڈورٹائزنگ کمپنی مُنہ مانگے داموں پر رکھ لے گی۔''

مجھے یاد ہے لڑکیوں میں وہ بے حد مقبول تھا۔ اس کی تصویر نہیں تو تصوّر ضرور سونے والیوں کے تکیہ کے نیچے رہتا ہوگا۔ میں نے اس کی آواز پر کھڑکیوں کے پٹ کھلتے اور رکشوں کے پردے ہٹتے سیکڑوں بار دیکھے تھے۔ شموئل تو اسے لیڈی کیلر کہتا تھا۔ اب پتہ نہیں لڑکیوں کے اس التفات کا اس کے دل پر کوئی اثر ہوتا تھا یا نہیں، کبھی تو ذکر کرتا، کبھی تو خوشبو اڑتی، شاید اس کا باطن بھی ظاہر کی طرح خوبصورت تھا۔ نہ اس نے کسی کو لفٹ دی، نہ سبز باغ دکھائے، نہ

تجسوں نے وعدے کئے۔ وہ ہمارے ساتھ فٹ بال اور بیڈمنٹن کھیلتا، انگلش فلمیں دیکھتا اور ناولیں پڑھتا۔ اسے مختلف شہروں کی سیر کا شوق جنون کی حد تک تھا۔ تعلیم کی تکمیل کے بعد میں تو ہوم سکنس کی وجہ سے اپنے شہر میں کالج کی ملازمت کو حاصلِ زندگی سمجھ بیٹھا مگر اپنے اسی شوق کے پیشِ نظر راشد نے پٹنہ کی ایک فرم میں سیلز آفیسر کا آفر قبول کرلیا اور اب اس کا صاف ستھرے علاقے میں چھوٹا سا خوبصورت گھر ہے، حسین بیوی اور پھول سے دو بچے ہیں۔ اب بھی اسے دیکھ کر لگتا ہے جیسے وہ فوج سے نکل کر آرہا ہے۔ ٹھنڈا تر و تازہ خوبصورت اور مطمئن، گھر میں وہ سب کچھ موجود جو آج کا کریز ہے۔ بچے کانونٹ میں پڑھتے ہیں، شوہر بیوی انہیں کار سے اسکول چھوڑنے جاتے ہیں، بچوں کے پیشِ نظر گھر میں بھی انگریزی میں بات کرتے ہیں۔

کچھ دن پہلے جب میں کہانی ریکارڈ کرانے ریڈیو اسٹیشن گیا تھا تو اس سے ملاقات ہوئی تھی۔ میں بار بار اس سے نہیں ملتا کہ اس کے گھر ٹھہرنا پڑتا ہے پھر وہ زیادہ تر سفر میں رہتا ہے، بیوی سوچے گی مفت کا گھر دیکھ لیا ہے چلے آتے ہیں منہ اُٹھائے۔

ملاقات کی رات ہم نے دیر تک باتیں کیں۔ مجھے احساس ہے کہ میں کتابوں کا کیڑا ہوں وہ بھی ادبی کتابوں کا۔ زندگی کے متعلق راشد کا تجربہ اور مشاہدہ زیادہ وسیع ہے۔ وہ نہ صرف مختلف شہروں کے جغرافیائی حالات سے واقف ہے بلکہ ذہنی رویے اور سیاسی نظریوں پر بھی اس کی نظر ہے، وہ بہت دلچسپ باتیں بتاتا ہے۔ ناگالینڈ میں کوئی باہری آدمی مقامی افراد کو اوور ٹیک کر کے آگے نہیں جاسکتا۔

اتنی نفرت ہے باہری آدمیوں سے؟

نفرت کہاں نہیں ہے، سیون سسٹرز کی بات چھوڑو وہ تو سیدھے سادے لوگ ہیں نفرت کا اظہار بھی سادگی سے کرتے ہیں ورنہ پنجاب، کشمیر، مہاراشٹر وغیرہ میں تو باہری افراد کینسر کی رسولی ہیں جنہیں کاٹ کر پھینکا جارہا ہے اور یہ لہر بین الاقوامی ہے۔ یوگانڈا اور بنگلہ دیش میں کیا ہوا۔ بنگلہ دیش کے بہاریوں کو پاکستانی کوڑھ سمجھ رہے ہیں۔ لگتا ہے دنیا پیچھے کی طرف لوٹ رہی ہے، ہر علاقے کا اپنا اپنا ٹھاکر کا کنواں ...... وہ ٹھہرے ہوئے انداز میں بولتا رہا۔

تم ان حالات سے مطمئن ہو؟

بے اطمینانی زمین پر جنت نہیں تعمیر کرتی، حالات جیسے بھی ہوں اُسی میں جگہ بنا کر آگے بڑھنا ہے۔

یار میں یہ سب نہیں سوچتا، مزے کی نوکری ہے۔ کالج گئے گھر آکر بال بچوں سے جس بول لیا پھر کتابیں اُٹھالیں، رات کو کچھ ریڈیو ٹی وی سے خبریں سُنیں وہ بھی کہانی کی تلاش میں۔ چھوٹے شہر کی بے خبری بڑی لطیف ہے۔

کنویں کے مینڈک یہی سوچتے ہیں ——— اس کی سنجیدگی میں کوئی فرق نہیں آیا۔

تم نے غلط کہا، نالی کے کیڑے کہنا چاہئے تھا، فرق اتنا ہے کہ کبھی کبھی نالی کے ایک دو کیڑے خشکی پر چڑھ گئے تو تمہاری طرح سوچنے لگتے ہیں اور بھول جاتے ہیں کہ یہ جگہ عارضی ہے۔ وہ میرے حملے کو آسانی سے جھیل گیا۔ سوال یہ ہے کہ میرے ذہن میں کنواں مینڈک اور تمہارے ذہن میں نالی اور کیڑے کا تصوّر کیوں اُبھرا۔ ہمارے مذہب میں طہارت، پاکیزگی اور صفائی پر بہت زور دیا گیا ہے مگر کیا یہ حقیقت نہیں کہ جہاں سے بجبجاتی نالیاں اور کوڑے کا ڈھیر شروع ہوتا ہے وہ ہمارے علاقے کی پہچان بن گئے ہیں۔

راشد کی بیوی کمبل لے کر آئی تو ہماری بات کٹ گئی۔ راشد نے مسکرا کر اُس کی طرف دیکھا مگر اس کے چہرے پر کوئی تبدیلی نہیں ہوئی، راشد کی گود میں کمبل رکھ کر شان بے نیازی سے بکھرے بالوں کو گردن جھٹک کر پیچھے کیا اور بل کھاتی ہوئی واپس چلی گئی۔

واقعی خنکی بڑھ گئی تھی، ہم گھاس پر کُرسی ڈالے بیٹھے تھے، پورٹیکو بلب کی چاندنی جیسی روشنی ہم پر پھیلی ہوئی تھی، آسمان میں ستارے چمک رہے تھے اور ہر طرف سناٹے کی دبیز چادر بچھ گئی تھی، سب کچھ کتنا اچھا اور پُرسکون تھا، میرے لیے جنّت کا تصوّر کچھ ایسا ہی تھا، ایک گھر، پھولوں کے کچھ پودے، خلوت میں شوخ تبسم کے دیے، ایک دو بچے اور ایسا ہی سکون۔

میری اور راشد کی آمدنی برابر رہی ہوگی، میں نے اپنی خواہشوں کو کچل کر وراثت میں ملے کچے مکان کو ازسرنو تعمیر کر لیا مگر دوسروں سے بہت پیچھے چھوٹ گیا! انہوں نے مکان نہیں بنوایا مگر ضروریات زندگی فراہم کر لیں۔

وہ راشد بدل گیا ہے کتنی عجیب بات ہے، میں اس سے ملوں گا۔ جب پٹنہ جانے کا پروگرام بنا تو میں نے بیوی سے کہہ دیا میں کل واپس آؤں گا، مجھے راشد سے ملنا ہے۔ کہانی

ریکارڈ کرانے کے بعد میں نے رکشا والے کو راشد کا پتہ بتایا، مگر اُس کے نہ ہونے کا خوف پریشان کرتا رہا۔ وہی گھر وہی رونق سب کچھ وہی۔ میں نے کال بل پر انگلی رکھی۔

اندر سے ایک آدمی نکلا، میں اس سے راشد کے بارے میں پوچھنا چاہتا تھا کہ وہ دوڑ کر لپٹ گیا،

مجھے خبر ملتی رہتی ہے، تم پٹنہ آتے ہو، راشد کو بھول گئے نا؟

پہلے کنارے ہٹو، میں تمہیں دیکھنا چاہتا ہوں، یہ داڑھی پر شلوار قمیص، تم تو پورے مسلمان ہو گئے۔

کب نہیں تھا— وہ ہنستے ہوئے مجھے اندر کھینچ لے گیا، ڈرائنگ روم میں ٹی وی پر رکھا ہوا قرآن، یہ دوسری بڑی تبدیلی نمایاں نظر آئی، میں اس پر سوالات کی بوچھار کرنا چاہتا تھا، وہ میری بے چینی سمجھ کر مسکراتا رہا، میں نے جب بھی کچھ کہنے کا ارادہ کیا اس نے ہونٹ پر انگلی رکھ کر مجھے روک دیا۔

پہلے چائے پی لو، تمہارا چہرہ بتا رہا ہے کہ تم بھوکے ہو، اور مجھے بھوکی زبان سے اپنے اوپر حملہ ایسا ہی لگے گا جیسے بھیڑیا شکار ادھیڑ رہا ہو۔

اس کی بیوی چائے نمکین اور پھل لے آئی، ویسے ہی کھلے ہوئے پھول کی طرح شگفتہ، دونوں نے مل کر مجھے چائے پلائی، بچے اسکول سے واپس نہیں آئے تھے، جب وہ چائے کی ٹرے لے کر چلی گئی تو میں نے کہا اب بتاؤ؟

کیا بتاؤں— تم نے پوچھا ہی کیا ہے؟

یہ کوئی نیا فیشن ہے میں نے اس کی داڑھی اور شلوار قمیص کی طرف اشارہ کیا، میرا خیال ہے بھٹو مرحوم وراثت میں یہ پیراہن چھوڑ گئے ہیں جو ہمارے یہاں بھی پرانا ہو گیا ہے۔ تم نے صرف داڑھی کا اضافہ کیا ہے۔

اے خبردار، داڑھی خدا کا نور ہے، اتنی حقارت سے اس کا تذکرہ نہ کرو۔

خیر چھوڑو، ملازمت کہاں کر رہے ہو، میرا خیال ہے......

تمہارا خیال غلط ہے، اس نے بات کاٹ دی، وہ ملازمت میں خود چھوڑنے والا ہوں، دوا کمپنیوں سے باتیں کر رہا ہوں، ایک مخصوص درخت کی چھال جو دواؤں میں کام آتی ہے سیون سسٹرز کے جنگل میں بہت ملتی ہے۔

تو اب صحرا کی خاک چھانو گے؟

جی جناب، مگر مجنوں بن کر نہیں، بزنس مین بن کر۔

میں کوئی ایسا سرا ڈھونڈھ رہا تھا جس سے وہ خود ہی گرہیں کھولنے پر آمادہ ہو جائے۔

میں سوچنے لگا تو وہ بولا:

بہت دن ہوئے ڈائجسٹ میں ایک قصہ پڑھا تھا، نام یاد نہیں مگر ایک بزرگ کا قصہ ہے جن سے بادشاہ وقت ناراض ہو گیا تھا اور انہیں قید کروادیا تھا۔ اُنہیں روز دربار میں بلوا کر کوڑے لگواتا۔ یہ سلسلہ مہینوں جاری رہا، جب وہ رہا ہوئے تو اُن کے ایک معتقد نے اُن سے پوچھا: یا حضرت کوڑے لگائے جانے کے دوران کبھی آپ گھبرائے بھی تھے؟

ہاں ایک بار— بزرگ کے چہرے پر حیا کا رنگ دوڑ گیا، کوڑا کھانے کے دوران ایک دن میرا ازار بند ٹوٹ گیا تھا۔

اچھا بہت عالم فاضل مت بنو، میں نے بھی بہت سے قصے پڑھے ہیں اور دیکھ رہا ہوں کہ ان دنوں تم مذہب کا مطالعہ کر رہے ہو۔ میں نے ٹی وی کی طرف دیکھا، یہ بتاؤ دسمبر میں تم کہاں تھے؟

بمبئی— وہ زیرِ لب مسکرایا، کیوں؟

فساد کے دوران تم وہیں تھے؟

ہاں مگر بمبئی میں فساد کہاں ہوا؟ وہ زیرِ لب مسکرایا، اور اس سے پہلے کہ میں جھلا کر کچھ کہتا وہ کہنے لگا، ایک بار دیوتا اور دانو نے مل کر سمندر کا خزانہ نکالنے کا ارادہ کیا، شیش ناگ کی پیٹھ پر بیٹھ کر انہوں نے سمندر منتھن کیا۔ سمندر کی تہہ سے دو کلش ملے، ایک میں وش تھا دوسرے میں امرت، مانو جاتی کو بچانے کے لیے وش کا کلش تو شنکر بھگوان پی گئے، دانو امرت پی جانا چاہتے تھے پھر انہیں مارنا اسمبھو ہو جاتا، دانو اور دیوتا میں امرت کے لیے گھمسان یُدھ ہوا اور اس میں جیت دیوتاؤں کی ہوئی۔

تو کیا آج ہم قصے کہانیوں ہی میں بات کریں گے؟

نہیں— میں تو صرف یہ بتا رہا ہوں کہ ایک بار پھر سمندر منتھن ہو رہا ہے مگر اب نہ شنکر ہیں نہ دیوتا، راکشسوں کی مختلف ٹولیاں امرت تک پہنچنے کے لیے آپس میں یُدھ کر رہی ہیں اور بیچ میں ہم کھڑے ہیں ان کے زہریلے ہانٹروں کی زد میں......

مسٹر راشد میں یہ پوچھ رہا ہوں کہ بمبئی کے فساد میں تم نے مذہب کا جنونی رقص دیکھا؟ میں نے ایک ایک لفظ پر زور دے کر اپنی بات کی اہمیت بڑھانی چاہی۔

جنونی رقص ضرور دیکھا مگر مذہب کا نہیں، اس نے بھی میرے انداز کی نقل کی۔ ٹھاکر کے کنوئیں کا جنون تھا، اس کنوئیں کا پانی صرف ہمارے لیے ہے، سب اپنی ڈولیں لے کر واپس جاؤ جو نہیں جائے گا اس کے جن بچّے کولہو میں ......

میں نے اکتا کر گھڑی دیکھی، عام لوگوں سے الگ باتیں کرنا اس کی فطرت بن گئی ہے اس سے کچھ اگلوا لینا مشکل ہے۔

وہ جو اُلجھن سی تیرے......

میں جھلا کر کھڑا ہو گیا۔ خدا حافظ، شام کی بس سے واپس جانا ضروری ہے۔

بیٹھو بیٹھو، اس نے میرا ہاتھ پکڑ لیا، تم شاید مذہبی جنون اور فساد کی بات پوچھ رہے تھے، وہ بے حد سنجیدہ ہو گیا، جب میں ٹرین سے واپس آ رہا تھا میں نے فساد دیکھا، گاڑی اسٹیشن پر رکتی یا روکی جاتی، ڈبے کی تلاشی ہوتی چن چن کر مسافر اتارے جاتے جن کی شناخت نہ ہوتی، اُن کی پتلون کھول دی جاتی اور پھر لاش برہنہ پڑی رہ جاتی۔ راشد کا چہرہ سُرخ ہو گیا اور میں راشد بزدل، جان کے خوف سے کانپ رہا تھا اگر کسی کو شک ہو جاتا تو میرا بھی وہی حشر ہوتا، وہ خوش قسمت تھے جو ظاہری شناخت کی وجہ سے نہ بے غیرت ہو کر مرے، نہ مر کر بے غیرت ہوئے، اس کی آنکھیں خون خون ہو گئیں۔

بہت دیر تک ایک تکلیف دہ خاموشی ہم پر مسلط رہی پھر اس نے دھیرے سے پوچھا: آج جانا ضروری ہے......

☆☆☆

دلوں کی دیواریں

—غضنفر

خبر دیکھ کر عزیز الدین پر سکتہ طاری ہوگیا۔ ہنستا بولتا چہرہ یکبارگی بت بن گیا۔ مگر جلد ہی اس بت میں جان پڑ گئی، اور ایسی جان پڑی کہ آنکھیں دہک اُٹھیں بھنویں کھنچ گئیں۔ جبڑے سخت ہو گئے ہونٹ بھنچ گئے، جیسے بت میں کوئی پریت آتما در آئی ہو۔

عزیز الدین تیزی سے الماری کی طرف لپکے۔ ایک جھٹکے کے ساتھ الماری کا شیشہ کھینچا۔ ایک خانے سے ایک کھلونا باہر نکالا اور اسے زمین پر پٹخ دیا۔

قدیم مورتیوں کی طرز کا کھلونا ٹوٹ پھوٹ کر بکھر گیا۔ آن کی آن میں کھلونے کی نقاشی، اس کا رنگ، اس کی چمک دمک، سب کچھ خاک میں مل گیا۔

عزیز الدین کچھ دیر تک کھلونے کی کرچیوں کو نفرت اور حقارت سے دیکھتے رہے، پھر انہیں بٹور کر اپنے پڑوسی کے دروازے پر پھینک آئے۔

پریت آتما کا زور کم ہوا تو عزیز الدین کا چہرہ اداسیوں سے بھر گیا۔ آنکھیں نمناک ہوگئیں۔

عزیز الدین کی بیوی کو خبر نے اس طرح بے خبر کر دیا تھا کہ وہ اپنی سدھ بدھ کھو بیٹھی تھیں جیسے انہیں لقوہ مار گیا ہو۔

ان کا بیٹا اظہر الدین اسکول سے لوٹا تو اس نے اپنے گھر میں قبرستان جیسا سناٹا پایا۔ اسے محسوس ہوا جیسے اس کے رشتے داروں میں سے پھر کسی کا انتقال ہو گیا ہو۔ ایسی گہری خاموشی اس نے اپنے گھر میں ایک بار پہلے بھی دیکھی تھی جب اس کے نانا کے مرنے کی خبر آئی تھی۔ اس نے پاپا اور ممی کے چہروں کو غور سے دیکھتے ہوئے پوچھا:

''کیا بات ہے، کہیں نانی......''

''نہیں بیٹے! یہ بات نہیں ہے'' عزیز الدین کی بیوی کے بے حس و حرکت جسم میں ایک دم سے روح دوڑ گئی۔

''کوئی اور مر گیا کیا؟''

''نہیں، کوئی نہیں مرا۔'' اس بار پاپا نے جواب دیا۔

''تو پھر آپ لوگ اتنے سیریس (Serious) کیوں ہیں؟''

''بیٹے! دشمنوں نے ہماری مسجد شہید کر دی۔''

''شہید کر دی؟''

''میرا مطلب ہے توڑ دی۔'' عزیز الدین نے وضاحت کی۔

''نہیں تو، ہماری مسجد تو بالکل ٹھیک ٹھاک ہے۔ میں میں اسی راستے سے تو آ رہا ہوں۔ میں نے تو دروازہ پر کھڑے امام صاحب کو سلام بھی کیا تھا۔''

''یہ مسجد نہیں بیٹے......''

''تو پھر کون سی مسجد؟''

''وہ مسجد جو ہمارے بزرگوں کی نشانی تھی جو......''

''کہیں آپ اس مسجد کی بات تو نہیں کر رہے ہیں جسے ٹیلی ویژن پر ڈھانچا کہا جاتا ہے۔''

''ہاں، وہی مگر وہ ڈھانچا نہیں، جیتی جاگتی مسجد تھی۔''

''مگر خبروں میں تو یہ بتایا جاتا ہے کہ کافی دنوں سے اس میں نماز نہیں پڑھی گئی، ایک عرصے سے وہ بند تھی۔''

''بند نہیں تھی، بند کر دی گئی تھی۔''

''پاپا، اس میں ایسی کیا بات تھی کہ آپ لوگ اس قدر......''

عزیز الدین نے بیٹے کو غور سے دیکھا پھر جواب دیا:

''وہ ہماری شناخت، ہماری تہذیب اور ہماری کامرانی کی علامت تھی۔''

''آپ نے دیکھی تھی۔''

''نہیں مجھے اس کی زیارت کا شرف حاصل نہیں ہوا۔''

''شرف حاصل نہیں ہوا یعنی؟''

''موقع نہیں ملا دیکھنے کا۔'' عزیز الدین کی آنکھیں ڈبڈبا گئیں، آواز گلوگیر ہو گئی، بیوی کی آنکھوں سے بھی آنسو رواں ہو گئے۔

اپنے پاپا ممی کی آنکھوں میں آنسو دیکھ کر اظہر الدین بھی اداس ہو گیا۔

''بیٹے، تم جاؤ، کہیں گھوم پھر آؤ، مگر سنو، اپنے پڑوسی کے ساتھ نہ کھیلنا۔''

''آپ کا مطلب ہے بنٹی کے ساتھ؟''

''ہاں''

''کیوں پاپا؟''

''وہ لوگ ہمارے دشمن ہیں۔''

''دشمن ہیں!''

''ہاں، انہیں لوگوں نے ہماری مسجد کو شہید کیا ہے۔''

''کیا یہ لوگ بھی وہاں گئے تھے؟''

''پتہ نہیں مگر ان کے آدمی تو گئے ہی تھے۔ اب ہرگز ان لوگوں سے کسی طرح کا میل جول نہیں رکھنا، ہم نے تو بنٹی کا دیا ہوا کھلونا بھی توڑ دیا۔''

''کیا؟'' اس کی نگاہیں شوکیس کی طرف دوڑ گئیں۔

کھلونے کی جگہ خالی تھی۔

اس کا دل دھک سے رہ گیا۔

''ہاں بیٹے! ہم نے اسے توڑ کر پھینک دیا۔ دشمن کی چیزوں کا ہمارے گھر میں کیا کام! مگر تم فکر مت کرو۔ ہم اس سے بھی بہتر کھلونا لا کر تمہیں دیں گے۔ تم چاہو گے تو ہم آج ہی دوسرا کھلونا لا دیں گے۔''

عزیز الدین نے کیا کہا، اظہر الدین کی سمجھ میں کچھ نہ آسکا۔ اس کا ذہن تو شوکیس کے اس خانے میں اٹکا ہوا تھا جہاں ایک خوبصورت سا کھلونا رہا کرتا تھا۔ ایک ایسا کھلونا جس میں تاج محل کے پتھروں جیسی چمک تھی اور اجنتا ایلورا کی مورتیوں جیسا نقشہ تھا اور سب سے بڑی بات یہ تھی کہ اس میں اس کے دوست کا پیار پوشیدہ تھا، اس دوست کا جس نے اس تحفے کو خریدنے میں اپنے گلک کے سارے پیسے لٹا دیے تھے اور جس کے لیے اس نے اپنے دوست سے وعدہ کیا تھا کہ وہ دوستی کی اس نشانی کو ہمیشہ سنبھال کر رکھے گا مگر شوکیس کا خانہ خالی تھا۔ نشانی کے ساتھ اس کا وعدہ بھی ٹوٹ چکا تھا۔

خالی خانے کے خلا نے اس پر ایسی ضرب لگائی کہ اس کا دل سینے میں ریزہ ریزہ ہو کر بکھر گیا۔

وہ کھیلنے نہیں گیا، کچھ کھایا پیا بھی نہیں، چپ چاپ وہاں سے اٹھ کر دوسرے کمرے میں لیٹ گیا۔

اداس نظریں آنکھوں سے نکل کر درودیوار میں پناہ ڈھونڈنے لگیں۔ درودیوار جائے امان بننے کے بجائے اس کی مزید پریشانی کے باعث بن گئے۔

دیواروں پر عجیب عجیب طرح کے ہیولے بننے لگے۔ ان ہیولوں کے دانت پنجے اور ناخن اسے اور خوفزدہ کرنے لگے۔ اس نے اپنی نظریں دیوار سے ہٹا کر چھت کے ایک کونے میں بنے مکڑی کے جالے پر مرکوز کردیں۔ مکڑی اپنے اندر سے تار کھینچنے اور اس تار سے ایک تاج محل تعمیر کرنے میں مصروف تھی۔ اپنے اندرون سے کھینچے گئے تار اور ان تاروں سے بُنے گئے تانے بانے اور ان سے ابھارے گئے بے شمار ننھے منے روشن خوبصورت جالے واقعی تاج محل جیسا نظارہ پیش کر رہے تھے۔ مگر یہ منظر آناً فاناً میں مٹ گیا۔ اچانک کہیں سے ایک چھپکلی نکلی اور نشانہ سادھ کر مکڑی پر جھپٹ پڑی اور خالق کے ساتھ تخلیق کے تانے بانے بھی ٹوٹ پھوٹ کر بکھر گئے۔

اظہرالدین نے میز سے پیپر ویٹ اٹھا کر چھپکلی کے اوپر دے مارا مگر اس سے قبل کہ اظہرالدین کا غصہ اور عتاب اس پر نازل ہوتا چھپکلی اپنا کام تمام کر کے نکل بھاگی تھی۔

ڈیڈی آپ کو پتا ہے اظہر کے گھر والوں نے میرا وہ گفٹ توڑ پھوڑ کر پھینک دیا جسے میں نے اس کے برتھ ڈے پر Present کیا تھا۔

''ہاں مجھے پتا ہے۔ ان لوگوں سے ہوشیار رہنا وہ بڑے بے وفا ہوتے ہیں اور خطرناک بھی۔ آج تحفہ توڑا ہے کل کچھ اور بھی توڑ سکتے ہیں ان کا کیا بھروسا۔''

''مگر ڈیڈی انھوں نے ایسا کیوں کیا؟''

''مجھے کیا پتا کہ کیوں کیا؟''

''مگر مجھے پتا ہے۔''

''تمھیں پتا ہے۔''

''ہاں''

''کیوں توڑا؟''

''اس لیے کہ ہم نے ان کی مسجد توڑ دی۔''

''اسے تو ٹوٹنا ہی تھا۔''

کیوں ڈیڈی؟

''اس لیے کہ وہ......'' بنٹی کے پتا نے جملہ ادھورا چھوڑ دیا۔

''وہ کیا ڈیڈی؟ بتائیے نا۔''

''وہ مندر توڑ کر بنائی گئی تھی۔''

''مندر توڑ کر کیوں؟''

''یہ بڑا پرانا قصہ ہے کسی دن فرصت میں بتاؤں گا۔''

''ڈیڈی! آپ کو پتا ہے اظہر کے ممی پاپا اس کے ٹوٹنے سے کتنے دکھی ہیں۔''

''دکھی ہیں تو ہونے دو۔''

''نہیں ڈیڈی وہ میرے سب سے اچھے دوست کے ممی پاپا ہیں اور وہ مجھ سے بھی اتنا ہی پیار کرتے ہیں جتنا کہ اظہر سے۔ ان کو میں دکھی نہیں دیکھ سکتا۔''

''کیا تم ان کے گھر گئے تھے۔''

''گھر تو نہیں گیا مگر اظہر ملا تھا۔ اس سے پوچھا بھی تھا کہ اس نے میرا تحفہ کیوں توڑ دیا۔ اسی نے ساری باتیں بتائیں۔ ڈیڈی! ان کی مسجد کے ٹوٹنے سے آپ کو کیا مل گیا؟''

''سنتوش، سکھ، ...... کیا تمھیں خوشی نہیں ہوئی؟''

''نہیں بلکہ مجھے تو دکھ ہوا ہے۔''

''کیوں؟''

''اس لیے کہ اس کے ٹوٹنے سے میرے دوست کے ماں باپ کو دکھ پہنچا ان کا دل ٹوٹا اور میرا دیا ہوا تحفہ بھی ٹوٹ گیا جس سے میرا دوست بھی بہت دکھی ہے۔''

''تمہارا دوست دکھی ہے تو ہوا کرے مگر یہ نہ بھولو کہ وہ ہمارے دشمن کا بیٹا ہے۔ اس سے اب کوئی رشتہ نہیں رکھنا ہے۔ آج سے تمہارا اس سے ملنا جلنا بالکل بند۔ تم نہیں جانتے وہ لوگ سانپ بن چکے ہیں کسی بھی وقت ڈس سکتے ہیں۔ اس لیے بھولے سے بھی تم اظہر کے ہاتھ کا دیا ہوا کوئی سامان مت لینا خاص طور سے کوئی کھانے پینے کی چیز۔ کیا پتہ اس میں زہر ملا ہو۔ میں سچ کہہ رہا ہوں، تم ان سے دور رہنا۔''

''ٹھیک ہے، آپ جیسا چاہتے ہیں ویسا ہی کروں گا۔'' بنٹی نے بڑے ہی بوجھل من سے باپ کی نصیحت قبول کی۔

اور اس دن کے بعد اس نے اظہر الدین سے ملنا جلنا واقعی چھوڑ دیا۔ اظہر نے بھی اپنے والد کی ہدایت کے مطابق بنٹی سے فاصلہ بنانا شروع کردیا۔

دونوں کی ایک دوسرے سے بات چیت بند ہوگئی۔ اسکول میں ان کی نشستیں بھی بدل گئیں۔ ایک ساتھ کا کھیلنا کودنا بھی رک گیا۔ اس دباؤ نے ان کی زبان اوران کے ہاتھ پاؤں پر روک ضرور لگادی مگران کے احساس کو دبا نہ سکا۔

نئی نشستوں پر وہ ٹھیک سے نہیں بیٹھ سکے۔ دونوں بے آرامی محسوس کرنے لگے۔ انھیں محسوس ہونے لگا کہ محض ان کی نشستیں ہی نہیں بدلیں بلکہ ان کا اسکول بھی بدل گیا ہے۔

بنٹی اپنا لنچ بکس کھولتا تو اظہر کے ٹفن کے کباب پراٹھے دکھائی دینے لگتے اور اظہر جب اپنے ناشتہ دان کا ڈھکن اٹھاتا تو بنٹی کے لنچ بکس کی کچوریاں جھانکنے لگتیں۔

ایک دن اظہر کو نماز میں بھی پٹاخوں کی دھمک سنائی دینے لگی، پڑھی جانے والی سورتوں کو درمیان سے پھلجھڑیاں چھوٹنے لگیں۔ انار چھوٹنے لگے۔ رنگ برنگ کی روشنیاں ابھرنے لگیں۔ قندیلیں جلنے لگیں قمقمے جگمگانے لگے۔

اس نے سلام پھیر کر جلدی جلدی دعا مانگی اور بالکونی میں جاکر کھڑا ہوگیا۔

بنٹی کا گھر چراغوں سے جگمگا رہا تھا۔ دیوالی کی آتش بازی اپنے شباب پر تھی۔ اس کی نگاہیں بنٹی کے دروازے پر بنٹی کے ساتھ پھلجھڑی پٹاخے چھوڑنے والے بچوں میں خود کو تلاش کرنے لگیں۔

ادھر بنٹی کی نگاہیں بھی بار بار اظہر الدین کے گھر کی طرف اٹھ جاتی تھیں اور جیسے ہی اس نے اظہر الدین کو بالکونی میں دیکھا ہاتھوں میں آتش بازی کے سامان لیے اس کی جانب دوڑ پڑا مگر کچھ دور جانے کے بعد اس کے پیروں میں بریک لگ گئی۔ وہ آگے بڑھنے کے بجائے پیچھے پلٹ گیا۔

دونوں کے درمیان کے رشتے کا احساس تو نہیں دب سکا مگر زخمی ضرور ہوگیا۔

جب کبھی ان کا احساس آگے بڑھنا چاہتا تو ان کی آنکھوں میں رام لیلا کی لکشمن ریکھا کھنچ جاتی اوراسے لانگھتے ہی سیتا کو دبوچتا ہوا راون دکھائی دینے لگتا۔

راوین نے ان کے احساسات کے ساتھ ساتھ ان کے معمولات، تفریحات اور ترجیحات کو بھی دبوچ ڈالا۔

''آج کل تم کرکٹ کھیلنے نہیں جاتے۔'' بنٹی کو اداس ملول دیکھ کر ایک دن اس کے پتا نے پوچھا۔

''نہیں'' بنٹی نے بڑی بے دلی سے جواب دیا۔

''کیوں؟''

''ہماری ٹیم ٹوٹ گئی ہے۔''

''ٹیم ٹوٹ گئی ہے! میں سمجھا نہیں۔''

''ہمارے بہت سے پلیرز نے آنا بند کر دیا۔''

''پلیرز نے آنا بند کیوں کر دیا۔''

''آپ کو بھی یہ بتانا پڑے گا ڈیڈی۔''

''اوہ! سمجھا۔ تو تم لوگ اپنے لوگوں میں سے پلیرز کیوں نہیں ڈھونڈ لیتے۔''

''کوشش تو کی تھی مگر......''

''مگر کیا؟''

''اتنے پلیرز نہیں نکلے جن سے ٹیم پوری ہوتی۔''

بنٹی کا جواب سن کر اس کے پتا کسی سوچ میں ڈوب گئے اور بنٹی کی نگاہیں کرکٹ گراؤنڈ میں پہنچ گئیں۔

خالی گراؤنڈ میں جھاڑ جھنکاڑ اُگ آئے تھے۔ بیچ جانوروں کے گو، گوبر سے اٹا پڑا تھا۔ کہیں پر کتے کہیں گدھے لوٹ رہے تھے۔

بنٹی کے چہرے کی اداسی اور گاڑھی ہوگئی۔

بنٹی کی یہ شام کوئی اکلوتی شام نہیں تھی۔ یہ شام اس کی زندگی میں روز ہی آتی تھی۔ روز ہی اس کا چہرہ اداسیوں سے دوچار ہوتا تھا۔ روز ہی اس کی آنکھوں میں ویرانیاں کھلتی تھیں۔ یہ شام روز بروز اسے جسمانی اور ذہنی دونوں اعتبار سے سست، مند اور کمزور بناتی جا رہی تھی۔

یہ اور بات ہے کہ اس کی یہ شام اس کے پتا کو آج پہلی بار دکھائی پڑی تھی۔

یہی حال اظہرالدین کا بھی تھا۔ اس کے والد نے اس کے کھیل کے اوقات میں اسے دینی تعلیم دینے کے لیے ایک مولوی لگادیا تھا مگر مولوی صاحب کی دینی تعلیمات اس کے اندر کے اس خلا کو پُر نہ کرسکیں جو اس کے تحفے کے ٹوٹنے سے پیدا ہوا تھا۔ کھیل کی کمی، اور اوپر سے لادی گئی تعلیم کے بوجھ نے اس کے قویٰ کمزور کرنا شروع کردیا۔ آہستہ آہستہ وہ اندر ہی اندر گھلتا گیا۔ اس کے چہرے سے بھی اس کے دل کی کیفیت عیاں ہونے لگی۔ مگر عزیزالدین کو اپنے بیٹے کی یہ حالت دکھائی نہ دے سکی۔

ایک دن بنٹی گھر پہنچا تو اس کو دیکھ کر اس کے ماں باپ حیران و پریشان ہو اُٹھے۔ بنٹی کے سر پر پٹی بندھی تھی اور سفید پٹی سے جگہ جگہ خون رس رہا تھا۔

''بیٹے تمہیں یہ کیا ہوگیا؟ کس نے تمہارا یہ حال کیا؟'' بنٹی کے پتا نے بے چین ہوکر سوال کیا۔

''محلّے کے لڑکوں نے۔ ان کی گیند مجھ پر آگری تھی۔ غصّے میں میں نے اسے نالی میں پھینک دیا تھا۔ بس وہ مجھ پر ٹوٹ پڑے۔ یہ تو اچھا ہوا کہ ٹھیک اسی وقت اظہر کہیں سے وہاں آگیا اور وہ ان سے بچا کر مجھے لے آیا ورنہ پتا نہیں، وہ میرا کیا حال کرتے؟''

''اور یہ مرہم پٹی کس نے کی؟''

''آنٹی نے۔''

''کس آنٹی نے؟''

''اظہر کی امّی نے۔''

''اظہر کی امّی نے!'' بنٹی کے پتا کے چہرے پر کچھ لکیریں ابھر آئیں۔

''جی ہاں، اظہر کی امّی نے وہ تو جوس بھی پلارہی تھیں مگر مجھے آپ کا اپدیش یاد آگیا۔ اس لیے میں نے نہیں پیا، حالانکہ اس وقت مجھے بڑے زور کی پیاس لگی تھی اور موسمی کا جوس بھی آنٹی نے تازہ تازہ نکالا تھا۔ کیوں ممی! میں نے ٹھیک کیا نا؟''

ممی کچھ نہ بول سکیں۔

دفعتاً اس کے پتا کے چہرے کی لکیریں گہری ہوگئیں اور انہوں نے زخم سے پٹی نوچ کر الگ کردی، رکا ہوا خون پھر سے جاری ہوگیا۔

''یہ کیا کیا؟'' بنّی کی ممی حیران ہوتی ہوئی بولیں،

''وہی جو مجھے کرنا چاہیے۔ جائیے جلدی سے کوئی صاف کپڑا لائیے اور تیار ہو کر آیئے۔ اسے ڈاکٹر کے پاس لے چلنا ہے۔''

بنّی کے ماں باپ بنّی کو لے کر اپنے فیملی ڈاکٹر کے پاس پہنچے۔ ڈاکٹر نے زخم کو صاف کر کے پھر سے ڈریسنگ کر دی۔

گھر سے نکلتے وقت بنّی کے پتا پرانی پٹی اپنے ساتھ اٹھا لائے تھے، اسے ڈاکٹر کی طرف بڑھاتے ہوئے بولے:

''ڈاکٹر صاحب، ذرا بتایئے اس پٹی کی دوا تو ٹھیک ہے نا؟''

ڈاکٹر پٹی کو سونگھ کر بولا۔

''دوا تو ٹھیک ہے مگر یہ سب آپ......

''یوں ہی۔''

بنّی کو اپنے پتا کی یہ حرکت اچھی نہیں لگی۔ اس کے جی میں آیا کہ وہ اس نئی پٹی کو بھی اپنے سر سے نوچ پھینکے۔

ڈاکٹر کے پاس سے آتے وقت اس نے وہ پٹی اٹھا لی تھی جسے اظہر کی ماں نے اس کے زخم پر باندھا تھا اور جسے اس کے پتا نے نوچ کر پھینک دیا تھا۔

وہ پٹی راستے بھر اس کی آنکھوں کے آگے پھیلی رہی۔ پٹی کے ایک سرے سے اظہر کی ماں اور دوسرے سرے سے خود اس کی پتا بندھ گئے تھے۔ دونوں کو وہ غور سے دیکھ رہا تھا۔ دونوں نے اس پٹی کو اس کی محبت میں استعمال کیا تھا۔ مگر ایک کی محبت نے اس کے اندر ٹھنڈک پہنچائی تھی اور دوسرے کی محبت نے اسے تیزابی کیفیت سے دوچار کیا تھا۔

اس رات اسے نیند نہ آ سکی۔ نیند نہ آنے کی وجہ چوٹ کے درد سے زیادہ ایک ماں کی ممتا اور محبت کی توہین تھی۔

بنّی نے اپنی جیب سے پٹی نکال لی۔ اسے غور سے دیکھا۔ آہستہ آہستہ اس پر اپنی انگلیاں پھیریں پھر اس نے اس پٹی کو اپنی آنکھوں سے لگا لیا۔

آہستہ آہستہ خشک پٹی آنسوؤں سے تر ہوتی گئی۔

اچانک بنٹی کے کمرے کے نائٹ بلب کی روشنی سو واٹ کے بلب کی روشنی میں تبدیل ہوگئی۔ تیز روشنی نے بنٹی کی آنکھوں سے پٹی ہٹادی۔ پٹی ہٹی تو اس نے دیکھا کہ دروازے پر اس کے پتا کھڑے تھے۔

اس کے پتا آہستہ آہستہ اس کی طرف بڑھے اور قریب پہنچ کر خاموشی سے بنٹی کے ہاتھوں میں دبی اس تر پٹی کو اپنی انگلیوں سے سہلانے لگے۔ بنٹی نے پتا کو غور سے دیکھا تو پتا کی کی آنکھیں بھی اسے نیند سے عاری محسوس ہوئیں۔

''آئی ایم سوری بیٹے! آئی ایم اکسٹریملی سوری، مجھ سے غلطی ہوگئی۔''

''میں اظہر کی ماں سے معافی مانگ لوں گا۔'' کافی دیر تک خاموشی رہنے کے بعد بنٹی کے پتا کے لب ہلے۔

''سچ ڈیڈی۔'' مغموم بنٹی کے منہ سے یہ آواز اس طرح نکلی جیسے کسی ستار کے تار سے جھنکار نکلی ہو۔

''بالکل سچ۔''

''تو کیا میں اب اظہر سے مل سکتا ہوں؟''

''ضرور۔'' یہ آواز ان کے دل سے نکلی تھی اس لیے کہ انہیں یہ محسوس ہو چلا تھا کہ عبادت گاہوں کی دیواریں جو دلوں میں کھڑی ہیں انہیں گرایا نہیں جاسکتا۔

''تھینک یو ڈیڈی۔'' وہ بستر سے اُٹھ کر اپنے پتا سے لپٹ گیا جیسے وہ اپنے پتا سے نہیں، بلکہ اپنے دوست اظہر سے لپٹ رہا ہو۔

☆☆☆

پورٹریٹ سے باہر کا ایک منظر

— طارق چھتاری

آج وہ اس پہاڑ کی سب سے اونچی چوٹی پر جا کر تصویر بنائے گا۔ وہ برسوں سے بھٹک رہا ہے۔ کبھی نالندہ کے کھنڈروں میں اور کبھی بودھوں کے پرانے مندر کے اردگرد۔ اس نے راج گیر کے برہما کنڈ میں اشنان کرتی دوشیزاؤں کی تصویریں بنائی ہیں تو کبھی کشمیر کی پہاڑیوں سے گرتے جھرنوں کی۔ اس کا برش اجنتا کی خوبصورت وادیوں سے بھی آشنا ہے اور وہ ایلورا کی پتھریلی زندگیوں میں بھی رنگ بھر چکا ہے۔

اس نے تھیلے میں سامان رکھا۔ ڈرائنگ بورڈ ہاتھ میں لیا اور گھر سے نکل کر پہاڑ کی چوٹی کی طرف نظر اٹھا کر دیکھنے لگا۔ چوٹی پر جمی برف کو دیکھنے بہت سے لوگ اوپر چڑھ رہے ہیں۔ راستے میں جگہ جگہ پکوڑوں کے خوانچے اور چائے کی دکانیں ہیں۔ اوپر ایک چھوٹا سا میلہ لگتا ہے، جہاں چیزیں بہت مہنگی ملتی ہیں لیکن لوگ سستی چیزیں زیادہ داموں میں خرید کر خوش ہوتے ہیں۔

اب وہ چوٹی پر پہنچ گیا تھا۔ اس نے دیکھا کہ جہاں لوگ اپنا اپنا قیمتی سامان بیچ رہے ہیں، اس سے ذرا پہلے ایک بوڑھا فقیر پرانا اوورکوٹ پہنے، جو جگہ جگہ سے پھٹ کر گدڑی کی شکل اختیار کر چکا ہے، ایک پیڑ کے نیچے بیٹھا ہاتھ پھیلائے بھیک مانگ رہا ہے۔

''بابو کچھ دیتا جا۔''

فقیر ہر ایک سے سوال کر رہا ہے مگر لوگ اس کو دیکھے بغیر ہی برابر سے گزر جاتے ہیں اور وہ ان کے چہروں کو اس طرح تکتا ہے، جیسے کہنا چاہتا ہو:

''بابو......اے بابو ادھر دیکھ تو لے......''

اس نے اپنی جیب کو ٹٹولا حالانکہ اسے یقین تھا کہ جیب خالی تھی۔ یہ اس کے لیے کوئی نئی بات نہیں لیکن آج اس فقیر کو کچھ دینے کی خواہش دل میں رہ رہ کر اٹھ رہی تھی۔

بی داڑھی اور سفید گھنی بھنویں ...... لمبی لمبی انگلیاں اور ان پر ابھری نیلی نسیں ...... یہ کتنی آرٹسٹک لگ رہی ہیں۔ آرٹسٹک! نہیں ...... مجھے یہ نہیں سوچنا چاہیے۔ آخر کتنی مصیبتیں جھیلی ہوں گی اور کتنے فاقے کیے ہوں گے اس بوڑھے فقیر نے، تب اس کی یہ حالت یعنی اتنی آرٹسٹک حالت بنی ہوگی۔ کاش اسے کچھ دے سکتا۔ جن کی جیب میں بہت کچھ ہے وہی کون سا دے رہے ہیں۔ پھر یہ درد میرے ہی دل میں کیوں۔ میری جیب خالی ہے شاید اس لیے۔

وہ بازار سے گزرتے ہوئے اکثر سوچتا کہ جب اس کی جیب میں پیسے ہوں گے تو یہ ڈرائنگ بورڈ خریدے گا۔ وہ گھنے بالوں والا برش بھی لے گا۔ اب اس کے سینڈل بھی پرانے ہوگئے ہیں اور یہ پینٹ کا کپڑا کتنا خوبصورت ہے۔ لیکن جب کوئی پینٹنگ بکتی اور جیب بھری ہوتی تو پرانے ڈرائنگ بورڈ اور گھسے ہوئے برش سے ہی کام چل جاتا۔ 'سینڈل اور یہ پینٹ سب تو ٹھیک ہے۔ ابھی۔' وہ دل میں کہتا اور سینہ چوڑا کیے دکانوں کی طرف بغیر دیکھے ہی بازار سے گزر جاتا۔

تو کیا آج بوڑھے فقیر کو کچھ دینے کی خواہش بھی ......؟ نہیں......؟ اس کے دل میں چبھن سی ہوئی شاید کوئی وار ہوا تھا۔ اس کے قدم اچانک رک گئے اور وہ بوڑھے فقیر کے سامنے سڑک کے اس پار ایک بڑے پتھر پر بیٹھ گیا۔

یہ تو کچھ اچھے لوگ معلوم ہوتے ہیں۔ کچھ نہ کچھ اس فقیر کو ضرور دیں گے۔

ان کے ساتھ ایک سولہ سترہ سال کی معصوم سی لڑکی بھی تھی۔

کسی انگریزی اسکول کی اسٹوڈنٹ معلوم ہوتی ہے۔ کتنا درد ہے اس کی آنکھوں میں اور کتنے غور سے بوڑھے فقیر کو دیکھ رہی ہے۔ ہاں ہاں دیکھو وہ فقیر کے قریب سے گزرنا چاہتی ہے۔ ضرور کچھ دے گی۔ لیکن جب وہ اس کے قریب سے گزری تو ناک پر رومال رکھتے ہوئے کانونٹین اسٹائل میں بولی:

''اف ڈیڈی'' انڈیا سے بھک منگے کب ختم ہوں گے—''

ڈیڈی نے فقیر پر حقارت بھری نظر ڈالی اور کہا: ''چلو بیٹی یہ سب ڈھونگی ہوتے ہیں۔'' فقیر کی داڑھی اور مونچھوں میں چھپے ہوئے ہونٹوں میں جنبش ہوئی، شاید بوڑھے نے مسکرانے کی کوشش کی تھی۔

اس نے بورڈ پر ڈرائنگ شیٹ لگائی اور ایک کٹوری میں بوتل سے پانی نکال کر برش صاف کرنے لگا۔ پھر اس پوری شیٹ کو نیلا رنگ دیا۔''میں نے شیٹ کو نیلا کیوں رنگا؟'' وہ سوچنے لگا۔کیا اس لیے کہ نیلا رنگ آسمان کی وسعت اور سمندر کی گہرائی کی علامت ہے؟نہیں — تو پھر؟ زہر......

اس نے نظریں اٹھا کر سامنے بیٹھے فقیر کی جانب دیکھا تو لگا کہ بوڑھے کا چہرہ نیلا پڑ چکا ہے۔شیٹ پر نیلا رنگ کچھ خشک ہوا تو اس نے سب سے پہلے بوڑھے فقیر کے چہرے میں دھنسی آنکھیں بنائیں۔

'کتنی گہرائی ہے ان آنکھوں میں'

اس نے فقیر کی آنکھوں میں جھانک کر دیکھا تو کتنے ہی مفکر، فلسفی اور دانش ور نظر آئے جو اس کی گہری آنکھوں کی تہہ میں کچھ تلاش کر رہے تھے۔

آنکھوں سے سب کچھ کھرچا جا چکا ہے اور اب وہ دھندلی ہوگئی ہیں۔

بوڑھی پیشانی پر ابھری بے جان شکنیں کسی بلندی پر لے جانے والی سیڑھیاں معلوم ہو رہی تھیں۔

'سیکڑوں آرٹسٹ ان سیڑھیوں پر بیٹھے تصویریں بنا رہے ہیں اور زمانہ ان کے فن پر داد لٹا رہا ہے'...... ''بابو کچھ دیتا جا— '' فقیر نے جاتے ہوئے ایک شخص کی طرف دونوں ہاتھ بڑھائے۔ بڑھے ہوئے موٹے ناخنوں میں بھرا میل، سفید رونگٹے، ابھری ہوئی نیلی نسیں اور چھپکلی کے پیٹ کی طرح ہتھیلی کی زرد کھال۔ محسوس ہوا کہ فقیر کے دونوں ہاتھ کسی خوبصورت سفید شاہی عمارت کے نقش و نگار بنانے میں مصروف ہیں۔ ''کتنی کاریگری ہے ان بوڑھے اور لاغر ہاتھوں میں۔''

اسے لگا بوڑھے فقیر کے دونوں ہاتھ کاٹ لیے جائیں گے۔

''نہیں—''

اور اس نے جلدی سے بوڑھے کے دونوں ہاتھوں کو مٹیالے رنگ سے ڈرائنگ شیٹ پر بنا دیا۔'چہرہ مکمل ہونے بھی نہ پایا کہ ہاتھ بنا بیٹھا۔'

احساس ہوا کہ وہ بوڑھے فقیر کی تصویر بڑی بے ترتیبی سے بنا رہا ہے۔ بوڑھے کی گردن میں اودے رنگ کے پتھروں کی مالا پڑی تھی۔ اس کا برش اودے رنگ میں سن چکا ہے

تمام پتھر اپنا رنگ بدل رہے تھے۔ اس نے غور سے دیکھا۔ پتھر پھول بنتے جا رہے ہیں اور کوئی شخص پھولوں سے لدا بوڑھے کے نزدیک کھڑا ہے اور بار بار بوڑھے کی طرف اشارہ کرتا ہے۔ مجمع پھولوں سے لدے شخص کی جے جے کار بولتا ہے اور جب لوگ اسے اپنے کندھوں پر بٹھا لیتے ہیں تو وہ شخص اس بوڑھے فقیر کی جانب ایک نظر بھی نہیں ڈالتا۔ اس کا گدڑی نما اوور کوٹ عین ناف کے اوپر سے پھٹا ہوا تھا۔ کھال سوکھ کر چمڑا ہوگئی تھی اور پیٹ کنویں کی طرح اندر دھنس گیا تھا۔ اس نے سوچا، دھنسے ہوئے کنویں کو رنگوں سے اٹا دے مگر لگا کہ اگر رنگوں کے گودام بھی خالی ہو جائیں تو بھی یہ کنواں نہیں اٹ سکتا۔

''بابو کچھ دیتا جا—''

تصویر بناتے بناتے اس نے آنکھیں موند لیں۔ اپنی ہی آواز گونجی۔ پیسہ...... پیسہ...... ایک پیسہ

اسے یاد آیا بچپن میں جب وہ آنکھیں میچ کر پیسے مانگنے والا کھیل کھیلتا تو ہمیشہ کوئی بچہ اس کے ہاتھ پر تھوک دیتا۔ اس نے دیکھا کہ بوڑھے فقیر کے پاس سے کوئی بچہ گزر رہا ہے۔ نہ جانے کیوں لگا کہ بچہ ضرور بوڑھے کے ہاتھ پر تھوک دے گا۔ دل دھڑکنے لگا اور رگوں میں دوڑتے خون کی رفتار تیز ہوگئی۔ 'خون...... سرخ...... خون' اب اس نے شیٹ پر چاروں طرف سرخ رنگ پوت دیا تھا۔ رنگ کچھ اس طرح بکھرا کہ شیٹ پر بے شمار لال جھنڈے لہراتے نظر آئے۔ اسے لگا کہ بوڑھے فقیر کے دکھ درد کا حل ڈھونڈ لیا گیا ہے۔ تصویر کو غور سے دیکھا۔ بوڑھے لاغر اور بے بس فقیر کی تصویر سرخ رنگ کے دائرے میں کچھ سہم سی گئی تھی۔ آرٹسٹ کی رگوں میں دوڑتے خون کی رفتار دھیمی پڑ گئی اور اب اس کے برش کا سرخ رنگ زرد پڑ چکا تھا۔ بوڑھے نے پیچھے ہٹ کر درخت کے تنے سے کمر ٹکالی۔ درخت پر پھل لٹک رہے تھے۔ اس نے ڈرائنگ شیٹ پر درخت بنایا اور پھلوں کی جگہ بے شمار سکے لٹکا دیے۔ ایک سکہ درخت سے ٹوٹا لیکن جب وہ بوڑھے کے پاس آ کر زمین پر گرا تو سکہ نہیں کسی پرندے کا کترا ہوا کچا پھل تھا۔

اب تصویر مکمل ہو چکی تھی—

''کتنی خوبصورت پورٹریٹ ہے۔'' کسی نے کہا۔

''جی ہاں آرٹسٹ نے Colour Combination پر بہت زور دیا ہے۔'' دوسرا بولا۔

''یہ آپ کے نئے بنگلے کے ڈرائنگ روم میں......''

''ہاں ہاں میں بھی یہی سوچ رہا تھا۔ مگر آئل پینٹنگ ہوتی تو زیادہ اچھا تھا۔''

''لیکن صاحب آئیڈیا دیکھیے۔ وہ دیکھیے وہاں سے کچھ نیچے آکر پیڑ سے ٹوٹا ہوا سکہ کسی پھل کی سی شکل اختیار کرنے لگا ہے اور زمین پر آتے آتے ..''

''ہاں بھئی پینٹنگ تو بہت اچھی ہے۔ کتنے کی ہے یہ پورٹریٹ؟''

''کتنے بتاؤں ...... جو مانگوں گا وہی ملے گا آج تو—''

وہ ذہن میں جو دام مقرر کرتا وہ کبھی زیادہ لگتے کبھی کم— دونوں شخص سامنے کھڑے اس کے جواب کا انتظار کر رہے تھے کہ اچانک اس نے کچھ کہا۔ کیا کہا؟ یہ وہ خود نہیں سن سکا لیکن جب سامنے والے شخص نے اطمینان کی سانس لیتے ہوئے اس کی بتائی ہوئی رقم دہرائی تو اس نے سوچا۔

''ایں یہ کیا! میں نے صرف اتنے ہی مانگے! اس سے زیادہ میں سوچ بھی تو نہیں سکتا تھا۔ خیر اتنے ہی کافی ہیں۔ یہ سب پیسے بوڑھے فقیر کو دے دوں گا۔ اسے کسی کے آگے ہاتھ پھیلانا نہیں پڑے گا۔ ان پیسوں سے وہ کوئی چھوٹا موٹا دھندا کر سکتا ہے۔ کچھ نہیں تو پتھر کی مورتیاں اور موتیوں کی مالائیں بیچنے لگے گا۔''

''یہ لو، اس سے زیادہ نہیں — ابھی تو فریم بھی بنوانا ہے۔''

''نہیں صاحب اس سے کم نہیں— '' اس نے کہنا چاہا مگر منہ سے کچھ نہ نکلا اور چپ چاپ دی ہوئی رقم ہاتھ میں تھامے کھڑا ہو گیا۔

''کتنا خوش ہوگا بوڑھا فقیر — اتنی بڑی خوشی زندگی میں پہلی بار ملے گی۔''

جب وہ بوڑھے کے پاس پہنچا تو اس نے ہاتھ پھیلا کر سوال کیا۔

''بابو کچھ دیتا جا— کچھ دیتا جا بابو—''

چاہا کہ جھک کر اس کے ہاتھ پر سارے روپے رکھ دے مگر اس نے دیکھا کہ کچھ لوگ قریب سے گزر رہے ہیں۔ اس نے ہاتھ روک لیا۔

''کیا سوچیں گے یہ لوگ۔ سمجھیں گے میں کوئی پاگل ہوں۔''

وہ وہیں کھڑا لوگوں کے گزر جانے کا انتظار کرتا رہا۔

میں یہاں کھڑا ہوں۔ لوگ دیکھ رہے ہیں۔ میں اس طرح کیوں کھڑا ہوں شاید وہ سوچ رہے ہوں گے۔

وہ دو چار قدم ٹہلتا ہوا آگے بڑھا اور پھر پیچھے لوٹ آیا۔ بوڑھا حیرت زدہ نظروں سے دیکھنے لگا، بوڑھا حیرت زدہ ہے۔ شاید میں نے فقیر کے ہاتھ پر نوٹوں کی موٹی گڈی رکھ دی ہے، اس نے مسکرانے کی کوشش کی اور فقیر کی طرف دیکھا۔ فقیر بھی مسکرا رہا تھا گویا وہ فقیر نہ ہو قد آدم آئینہ ہو۔

آئینے میں کسی احمق کا چہرہ دکھائی دیا۔

فقیر پھر مسکرا رہا ہے، دل ہی دل میں ہنس رہا ہے گویا سوچ رہا ہو کہ عجب سر پھرا شخص ہے۔

اب آرٹسٹ کا حلق خشک ہو گیا تھا۔ بوڑھے نے کھنکارا تو اسے لگا کہ بوڑھا فقیر قہقہہ مار کر ہنس پڑا ہے۔

''بابو کچھ دیتا جا۔''

فقیر نے ہاتھ بڑھایا۔ ہاتھ خالی تھا۔ آرٹسٹ نے اپنے ہاتھ پر نظر ڈالی۔ اس کے اپنے ہاتھ میں نوٹوں کی موٹی گڈی تھی۔ اسے محسوس ہوا کہ بوڑھے نے اس کی ذہنی حالت پر ترس کھا کر پیسے لوٹا دیے ہیں۔ پل بھر کے لیے لگا کہ وہ خود فقیر کی جگہ بیٹھا بھیک مانگ رہا ہے۔ ہاتھ خود بخود پیٹ پر پہنچ گیا۔

''بھوک لگ رہی ہے۔''

بھوک تو اس وقت بھی لگ رہی تھی جب وہ گھر سے نکلا تھا۔

''پہلے چل کر کھا لیا جائے۔'' اس نے سوچا اور سامنے چائے کے ہوٹل میں گھس گیا۔ ہوٹل کا بل چکانے کے بعد باقی روپیوں کو ہاتھ میں تھامے ٹہلتا ہوا پھر بوڑھے فقیر کے قریب آن پہنچا۔ فقیر نے کنکھیوں سے دیکھا اور تار تار اوورکوٹ کی جیب کو گھٹنوں میں دبا کر محفوظ کر لیا۔

کمبخت سوچ رہا ہے میں کچھ چھین کر بھاگ جاؤں گا۔

اس نے نفرت سے فقیر کی طرف دیکھا۔ وہ اوندھے منہ پڑا تھا اور بہت سارے چاندی کے سکے فرش پر بکھرے ہوئے تھے۔ پولیس والوں نے تلاشی لی تو گدڑی میں سے نوٹوں کی گڈیاں نکلنے لگیں۔ اخبار والوں نے فوٹو کھینچے۔ پلیٹ فارم پر بھیک مانگتا تھا۔ نحیف ونزار فقیر۔ اس بوڑھے سے بھی بدتر حالت تھی اس کی۔

اب آرٹسٹ کے ہاتھ میں چند روپے تھے۔ باقی روپے ڈرائنگ شیٹ اور رنگ خریدنے کے لیے جیب میں رکھ لیے تھے اور گھوم کر فقیر کے پیچھے آ گیا تھا۔ بوڑھا پہلو بدلنے لگا اور بیساکھی بھی کھسکا کر قریب کر لی۔

'نہ جانے کیا سمجھ رہا ہے۔ مگر مجھے اس سے کیا غرض۔ مجھے تو اس کی مدد کرنی ہے۔ اگر مجبوری نہ ہوتی تو پورے پیسے ہی دے دیتا۔ خیر اتنے بھی اس کے لیے کافی ہیں۔'

بوڑھا کھانسا تو لگا کہ بوڑھا پھر زور سے قہقہہ مار کر ہنس پڑا ہے۔ اس کا وہ ہاتھ جس میں روپے تھے لرز گیا۔ یاد آیا کہ جب اس نے دو دن سے کھانا نہیں کھایا تھا اور اپنے ایک امیر دوست سے کچھ پیسے ادھار مانگنے گیا تھا تو کتنی دیر تک یونہی بیٹھا رہا۔ کئی بار مانگنے کی کوشش کی مگر کوئی سہارا ہی نہیں مل پایا کہ کس طرح بات شروع کرے۔ کسی امیر سے کچھ مانگنا کتنا مشکل ہے۔ کیسی عجیب کیفیت تھی وہ— مگر آج کسی غریب کو اتنے روپے دینا، نوٹے سینڈل اور پھٹی پتلون پہن کر اتنے روپے دینا اس مانگنے سے کہیں زیادہ مشکل ہو گیا تھا۔ ایک بار پھر فقیر کو پیسے دینے کی کوشش کی مگر لگا کہ اس کے چاروں طرف بھیڑ جمع ہے اور وہ سر پر راجا ہریش چندر کا مکٹ باندھے اسٹیج پر کھڑا کوئی کرتب دکھا رہا ہے۔ وہ اپنے آپ سے کشتی لڑ رہا تھا کہ اسے اڈی پہلوان یاد آ گیا۔ اڈی پہلوان نے اس رکشے والے کو جس سے ایک لالہ چند پیسوں پر جھگڑا کر رہا تھا کس شان سے ایک بڑا نوٹ دیا تھا۔ ''کیوں جھگڑ رہا ہے بے۔ یہ لے۔ یہ عزت دار لوگ کیا دیں گے۔ انہیں تو غریبوں کو دیتے ہوئے شرم آتی ہے۔ بے عزتی ہوتی ہے ان کی۔ دینے کے لیے اڈی کا دل چاہئے۔'' سچ ہی کہا تھا اڈی نے۔ دینے کے لیے اڈی کا دل چاہئے۔ علاقے کے بدمعاش اڈی کا۔''

اڈی پہلوان نے راجا ہریش چندر کو اٹھا کر زمین پر پٹخ دیا تھا۔ چاروں خانے چت۔ اس نے گھبرا کر اپنے چاروں طرف دیکھا۔ سامنے سے کچھ لوگ آ رہے تھے۔

''ارے یہ تو وہی لڑکی ہے۔''

لڑکی نے اسے فقیر کے قریب کھڑا دیکھا تو مسکرا دی۔

''یہ کیوں مسکرا رہی ہے۔ کیا اسے معلوم ہے کہ میں فقیر کو اتنے پیسے ...... کیا میں شکل سے احمق معلوم ہوتا ہوں؟'' آرٹسٹ نے نہ چاہتے ہوئے بھی مسکرانے کی کوشش کی، پھر بھنویں سکوڑیں اور بولا:

''نہ جانے انڈیا سے یہ بھک منگے کب ختم ہوں گے۔''

اب اس کانوینٹین لڑکی کے رومال کی خوشبو آرٹسٹ کے جسم میں اتر گئی تھی۔ اس نے اپنی مٹھی کے سارے نوٹ جیب میں رکھے اور ایک سکہ نکال کر بوڑھے فقیر کے ہاتھ پر اس طرح ڈال دیا جیسے سکہ نہ ڈالا ہو بلکہ تھوک دیا ہو۔ فقیر کا ہاتھ سکے کے بوجھ سے کپکپانے لگا۔

''بابو تیرا بھلا ہو۔''

اس نے دیکھا کہ لڑکی کے ڈیڈی بھی اس کی طرف دیکھ کر مسکرا رہے ہیں۔ وہ اس طرح چونکا جیسے ابھی کچھ اور کہنا باقی ہے اور بول پڑا:

''صاحب یہ لوگ کیسا ڈھونگ رچائے رہتے ہیں۔''

اور یہ کہتا ہوا تیز تیز قدموں سے آگے بڑھ گیا۔

کچھ دور جانے کے بعد اس نے مڑکر دیکھا۔ وہ دونوں شخص جنہوں نے اس کی پورٹریٹ خریدی تھی، بوڑھے فقیر کے وجود سے بے خبر، ہنستے ہوئے اس کے سامنے سے گزر رہے تھے اور بوڑھا ہاتھ پھیلائے بھیک مانگ رہا تھا۔

''بابو کچھ دیتا جا—''

☆☆☆

ہمارا تمھارا خدا بادشاہ

—ابن کنول

پورے شہر میں خوف و ہراس برسات کے بادلوں کی طرح چھا گیا تھا، ہر شخص حیران و پریشان تھا کسی کو یہ معلوم نہیں تھا کہ ایسا کیوں ہو رہا ہے؟ اس آسمانی عذاب کا سبب کیا ہے؟ کیوں ہر روز ایک شخص کی زندگی جہنم ہو جاتی ہے۔

ہوا یوں تھا کہ ایک روز جب آفتاب کی روشنی عالم آب و گل کو منور کر چکی تھی، بازار اور دکانیں معمول کے مطابق پر رونق ہونے لگی تھیں کہ فضا میں ایک عقاب تیز رفتار پرواز کرتا ہوا نظر آیا۔ قابل ذکر بات یہ تھی کہ اس کے پنجوں میں ایک مار سیاہ لٹکا ہوا تھا تھوڑی دیر تک وہ عقاب بازار کے اوپر منڈلاتا رہا۔ پھر یوں ہوا کہ وہ سانپ بازار میں خرید و فروخت کرتے ہوئے ایک شخص کی گردن پر جا پڑا۔ اس سے پہلے کہ وہ آدمی کسی کو مدد کے لیے پکارتا، سانپ نے اپنے زہریلے پھن سے اس کی پیشانی کو داغ دیا، ابھی کوئی دوسرا شخص اس کے قریب بھی نہ پہنچا تھا کہ عقاب زمین کی طرف جھپٹا اور سانپ کو اپنے پنجوں میں دبا کر غائب ہو گیا۔ یہ سب کچھ اتنی تیزی سے ہوا کہ کوئی شخص بھی کوئی رائے قائم نہ کر سکا اور اس حادثہ کو محض ایک اتفاق سمجھا گیا۔

لیکن......

روز فردا پھر ایک عقاب اُس شہر پر منڈلاتا ہوا دکھائی دیا۔ جس کے پنجوں میں مار سیاہ دبا ہوا تھا اور جب وہ عقاب شہر کے وسط میں پہنچا تو اس کے پنجوں سے نکل کر وہ سانپ ایک شخص کی گردن پر آگیا۔ پھر وہی ہوا کہ اس نے اس آدمی کو ڈس لیا اور عقاب سانپ کو اپنے پنجوں میں دبا کر نظروں سے اوجھل ہو گیا۔

اسے بھی اتفاق...... دوسرا اتفاق کہا جا سکتا تھا لیکن دوسرا اتفاق اہل شہر کے لیے تشویش کا باعث بھی بنا۔

اور جب تیسرے روز بھی یہ حادثہ پیش آیا تو تمام افراد شہر کو اپنی گردنوں پر سانپ اور سروں پہ عقاب اڑتے ہوئے محسوس ہونے لگے۔ صاحب دانش غور و خوض میں مشغول ہوئے کہ اب اتفاق نہیں ہے۔ اتفاق مسلسل نہیں ہوتا۔ پورے شہر میں اجتماعی مشورے ہونے لگے، مفتیان شہر نے اعلان کیا کہ اس شہر میں گناہ بڑھتے جارہے ہیں۔ شاید یہ خدا کے عذاب کی ایک شکل ہے کہ اس سے پہلے بھی آسمانی پرندوں نے کنکریاں برسائی تھیں اور جو لوگوں کے سروں میں اُتر گئی تھیں۔ اے لوگو! عبادت گاہوں کی طرف رجوع کرو۔ شاید اس بلائے آسمانی سے نجات ملے۔ شہر کی عورتوں نے اپنے شوہروں کی جان کی امان کے لیے اپنے سروں کو برہنہ کرکے خدائے ذوالجلال کے روبرو دست دعا بلند کیے۔

بازار بے رونق ہونے لگے۔ لوگوں کی آمد و رفت کم ہوگئی۔ پھر چند لوگوں نے یہ طے کیا کہ آئندہ جب بھی عقاب اپنے پنجوں میں سانپ لے کر آئے گا تو اسے کسی طرح ہلاک کردیں گے۔ پھر یہی ہوا کہ جب عقاب نے اپنے پنجوں سے سانپ کو آزاد کیا تو اس کی گھات میں بیٹھے ہوئے لوگوں نے اس پر حملہ کردیا۔ لیکن عقاب ان کے حملہ کی زد سے بچ کر نکل گیا تاہم ان سب نے اس سانپ کو ہلاک کردیا جو بازار میں موجود ایک شخص کی گردن میں لپٹ کر اس کی پیشانی کو اپنی زہریلی زبان سے چوم چکا تھا۔ سانپ کو ہلاک کرنے کے بعد سب نے اطمینان کا سانس لیا کہ اب اہل شہر اس عذاب سے نجات پاگئے تھے۔ سب نے خوشیاں منائیں۔ عبادت گاہوں میں سجدہ ہائے شکر ادا کیے گئے۔ بازار میں گھومتے افراد کے چہروں پر ایک بار پھر خوشی کی چمک لوٹ آئی۔

اگلی صبح بہت سکون رہا، لوگ اپنے گھروں سے نکل کر بازاروں میں پہنچے، خوف تقریباً ختم ہو چکا تھا۔ لیکن یہ کیا؟

اچانک پھر آسمان پر عقاب پرواز کرتا ہوا دکھائی دیا۔ اس کے پنجوں میں بدستور سانپ دبا ہوا تھا اسی لمحہ عقاب کے پنجوں میں دبا ہوا سانپ ایک شخص کی گردن پر گرا اور اس نے اپنے زہر کو اس شخص کی پیشانی پر اگل دیا۔ عقاب نے اُسے اپنے پنجوں میں اُٹھالیا لیکن قبل اس کے کہ وہ لوگوں کی نظروں سے روپوش ہوتا ایک نوجوان نے بڑھ کر اپنی بندوق سے اس کو نشانہ بنایا اور نتیجہ یہ ہوا کہ عقاب اور سانپ دونوں ہی زمین پر آگرے۔ افراط خوشی سے لوگوں نے نوجوان کو کاندھوں پر اٹھالیا کہ اس کی حاضر دماغی، چستی اور چالاکی کے سبب ایک عذاب اہل

شہر کے سروں سے ٹل گیا۔ اس روز گزشتہ روز سے زیادہ خوشیاں منائی گئیں کہ اب عقاب بھی ختم ہو چکا تھا۔

پھر کئی روز تک سکون رہا، کوئی عقاب آیا اور نہ سانپ کسی کے اوپر گرا، سب خوش تھے، بازاروں اور دکانوں پر رونق ہونے لگی تھی اور لوگ گذرے ہوئے حادثوں کو بھولتے جا رہے تھے لیکن پھر ایک دن ......

آسمان پر کئی عقاب بیک وقت پرواز کرتے ہوئے نظر آئے۔ سب کے پنجوں میں مارِ سیاہ دبے ہوئے تھے۔ اور جب وہ ایک مجمع کے اوپر پہنچے تو انھوں نے پنجوں میں دبے ہوئے سانپوں کو چھوڑ دیا اور سانپوں نے کئی لوگوں کی پیشانیوں کو زہر آلود کر دیا۔ عقاب پھر سانپوں کو لے کر غائب ہو گئے تھے۔

اس بار خواف ہوا کی طرح گلیوں اور گھروں میں گھس گیا تھا، ہر شخص پریشان تھا کہ اس کا بچنا مشکل ہے لوگوں نے اپنے گھروں کے دروازے اور کھڑکیاں بند کر لیے تھے بازاروں میں گھومنے والوں کی تعداد کم ہو گئی تھی۔ اس رات تمام اہل شہر ایک جگہ جمع ہوئے اور بہت دیر تک سوچتے رہے کہ اس عذاب سے نجات کا طریقہ کیا ہے۔ عقل حیران تھی، دست و پا بے بس تھے۔ شاید سانپ ان کا مقدر بن گئے تھے۔ ہر شخص اپنی گردن پر سانپ کی گرفت محسوس کر رہا تھا اور سوچ رہا تھا کہ ایسا کیوں ہو رہا ہے؟

سانپ انہیں کی گردنوں پر کیوں گرتے ہیں جن کے سروں پر اونچے مکانوں کی چھتیں نہیں ہوتیں۔ جن کو زندگی کا تمام سفر پیدل طے کرنا ہوتا ہے۔ جو موسموں کی تبدیلیوں کو اپنے جسموں پر برداشت کرتے ہیں۔ سوچتے سوچتے جب ان کے ذہن تھک گئے تو سب نے فیصلہ کیا ہم سب جہاں پناہ کے روبرو جا کر اپنی اس مصیبت کا حال بیان کریں گے اور اس سے درخواست کریں گے کہ وہ ہمیں اس عذاب سے نجات دلائے کہ خدا نے رعایا کی سرپرستی و محافظت اس کے ذمہ کی ہے۔

دوسرے روز تمام اہل شہر ایک جلوس کی شکل میں جہاں پناہ کی آرائش گاہ پر پہنچے اور اپنا حال بیان کیا۔ جہاں پناہ ان سب سے محبت اور شفقت سے پیش آئے اور کہا۔

''ہم جانتے ہیں کہ ہماری رعایا ایک عذاب آسمانی میں گرفتار ہے۔ ہمیں نہیں معلوم کہ اس کے پیچھے کن لوگوں کا ہاتھ ہے اور ایسا کیوں ہو رہا ہے۔ تم سب ہماری اولاد کی طرح ہو ہم

تمہارے لیے فکر مند ہیں اور کوشش کریں گے کہ تم لوگوں کو جلد اس مصیبت سے نجات ملے۔ ہم نے اپنے وزیروں کی ایک جماعت کو اس کی تحقیقات کے لیے متعین کیا ہے۔"

جہاں پناہ کی اس بات سے سب خوش ہوئے کہ وہ اسے اپنا ناخدا جانتے تھے۔ سب نے بیک زبان جہاں پناہ کے اقبال کی بلندی کا نعرہ لگایا اور دعائے خیر دی۔ پھر اپنے اپنے گھروں کو لوٹنے لگے۔ ابھی چند ہی قدم آگے بڑھے تھے کہ جہاں پناہ کے عالیشان محل کے چاروں دروازوں پر چار بلند پرواز عقاب اپنے پنجوں سے سیاہ سانپوں کو دبائے ہوئے نکلے اور مجمع کے اوپر چھاگئے۔ آئی ہوئی رعایا نے عالم غیض وغضب میں جہاں پناہ کی طرف دیکھا وہ اب بھی کہہ رہا تھا "تم سب ہماری اولاد کی طرح ہو۔ ہم تمھارے لیے فکر مند ہیں۔"

☆☆☆

الزورا

—صدیق عالم

''سنجیدہ لوگو، تم گائے کے گوبر سے بھی بدتر مہکتے ہو۔''

—دادا منی فسنو کے طور پر پڑھی گئی تحریر

اور اب وقت آگیا ہے کہ الزورا کی کہانی لکھی جائے۔ الزورا جنہوں نے پشت در پشت اس ملک کا نمک کھایا اور اب یہ آخری الزورا میرے پاس کھڑا ہے۔ وہ ادھیڑ عمر کا بغیر مونچھوں والا انسان جس کی آنکھیں کم پلکیں جھپکتی ہیں۔ شاید اس کے بارے میں اتنا کہنا ہی کافی ہے ورنہ الزورا (وہ مقدمہ باز انسان) ہتک عزت کا مقدمہ دائر کرسکتا ہے۔ اس کے پاس اس کے لیے کافی وقت ہے۔

بٹوارے کے قبل بنگالی زمین دار خاندان سے تعلق رکھنے والا علی ضرار جسے آزاد ہندوستان کے بنگالیوں نے الزورا بنانے میں زیادہ وقت نہیں لگایا تھا۔ بہت کم عمر میں ایک بڑی عمارت کا مالک بن بیٹھا تھا۔ جب وہ بڑا ہوا تو اس نے دیکھا اس عمارت کا چپہ چپہ مہاجر پنجابیوں کو کرائے پر دے دیا گیا تھا جن میں سے زیادہ تر غریب ڈرائیور تھے یا ان کے رشتے دار جو کوٹلا اور نور پور کے گاؤں دیہات سے آکر یہاں بس گئے تھے اور اُنہیں کی طرح ایک ٹیکسی چلایا کرتے۔ یہ ان مقدموں کی شروعات تھی جنہوں نے الزورا کو ساری عمر ایک انتہائی مصروف انسان بنائے رکھا۔

اور انہیں مقدمات کے چکر میں الزورا سے میری دوستی ہوگئی تھی۔ اس کے سزا کے طور پر مجھے ہر ہفتے دو تین شامیں اس کے ساتھ شراب پینی پڑتی۔ اور کیوں نہیں، الزورا نہ صرف میرے لیے ایک اہم موکل تھا بلکہ شراب کے معاملے میں کافی دریادل بھی تھا۔ الزورا جس نے بہت کم عمر میں اپنے پنجابی دوستوں کی صحبت میں شراب پینا سیکھ لیا تھا۔

''صرف اس کے لیے میں نے پریوار کا بکھیڑا نہیں پالا۔'' الزورا نے وہسکی کے گلاس کو اوپر اٹھا کر کہا۔ ''اور مجھے پتہ ہے تمھیں اپنی بیوی سے کتنے سمجھوتے کرنے پڑتے ہیں۔''

''بہت سی بیویوں کو شراب پینے پر اعتراض نہیں ہوتا۔'' میں نے کہا۔

''اور ایسی بیویاں مجھے پسند نہیں۔'' الزورا نے کہا۔ ''میں بیویوں کے معاملے میں ہمیشہ سے ذرا دقیانوسی قسم کا انسان ہوں۔ ایسی عورتیں جو دوسرے مردوں پر گرتی رہتی ہیں، مجھے پسند نہیں، نہ ہی وہ عورتیں جو اپنے شوہر کو جام بنا کر پیش کرتی ہیں۔''

ایک دن جب عزت مآب چیف جسٹس کلکتہ کی گرمی سے گھبرا کر ٹھنڈے پہاڑوں کی طرف چلے گئے اور ہم مقدموں کے علاوہ بھی کچھ اور سوچنے کے لائق ہو گئے تھے، الزورا نے مجھ سے کہا کہ وہ میرے ساتھ دریا کی طرف جانا چاہتا ہے۔

''دریا کیوں؟'' میں نے پوچھا۔ شاید مجھے تھوڑا نشہ ہو گیا تھا۔ ''ہوگلی کا پانی ہمیشہ کی طرح گندا ہے اور دریا کے دونوں کنارے کولکاتہ اور ہاوڑا کے شہر پچھلے پچاس برس سے نہیں بدلے۔ صرف دونوں شہروں کے بیچ انسانی آبادی نے اپنی گندگی کے تبادلے کے لیے ایک عظیم الشان پل بنالیا ہے۔''

''میں نے ایک عرصے سے کسی انسانی مردے کو دریا میں بہتے نہیں دیکھا ہے۔'' الزورا ہنسا۔ ''پچھلی بار تیل گھاٹ میں بھٹکتے بھٹکتے میں ایک انسانی بھیڑ میں شامل ہو گیا تھا جو پانی سے ابھرے ہوئے ایک انسانی مردے کو تاک رہی تھی۔ یہ مردہ ہاوڑا پل کے نیچے کسی زیر آب لوہے کے ڈھانچے سے اٹک گیا تھا اور بڑا ہی مضحکہ خیز نظر آ رہا تھا۔ پانی پی پی کر وہ دیو کی طرح پھول کر کپا ہو رہا تھا اور اس کے نچلے ہونٹ کو مچھلیوں نے کتر ڈالا تھا۔ میں تمھیں یقین دلاتا ہوں اگر تم بھی اسے دیکھتے تو اپنی ہنسی نہ روک پاتے۔''

''ہم مردوں پر بہت بات کر چکے۔'' میں نے غصے سے کہا۔ ''کوئی ضروری نہیں کہ اس بار بھی ہمیں پھر کوئی مردہ نظر آ جائے۔ میرا خیال ہے ہمیں دریا کی طرف جانے کا ارادہ ترک کر دینا چاہیے۔''

''بالکل بھی نہیں۔'' اس نے کہا۔ ''میں ایک ایسی زندگی جی رہا ہوں جس میں اس دریا کی کافی اہمیت ہے۔ بلکہ مجھے یقین ہے اس شہر میں ہر کس و ناکس کی زندگی میں یہ دریا ایک بہت اہم رول ادا کر رہا ہے۔ مشکل یہ ہے کہ میں تمھیں سمجھا نہیں سکتا کہ کس طرح۔''

اس کے بعد ہم دونوں کچھ دیر کے لیے خاموش ہو گئے اور میں سوچنے لگا کہ کیا الزورا میری زندگی کے لیے کوئی صحیح واقعہ ہے؟ اس اتنے بڑے شہر میں جہاں ہزاروں گھر آباد ہیں جن میں لاکھوں انسان بستے ہیں جانے وہ کون سے اتفاقات تھے جنھوں نے ہمارے ستاروں کو ایک دوسرے کے ساتھ ٹکرانے پر مجبور کیا۔

الزورا میری طرف مسکراتے ہوئے تاک رہا تھا۔

''میں تمھیں ایک تجربے کے بات بتاتا ہوں۔'' اس نے کہا۔ ''اگر کھانے اور نہ کھانے میں شش و پنج پیدا ہو تو نہ کھانا بہتر ہے اور جانے اور نہ جانے میں ہو تو جانا بہتر ہے۔''

''واقعی، یہ کافی دانش مندی کی بات کہی ہے تم نے۔'' میں نے اس کی مسکراہٹ واپس لوٹاتے ہوئے کہا۔ ''مثلاً اگر دوا کھانے یا نہ کھانے میں شش و پنج ہو تو نہ کھانا بہتر ہے اور چکلا جانے یا نہ جانے میں شش و پنج ہو تو وہاں جانا بہتر ہے۔''

''میں سمجھتا ہوں کہ تم مجھ سے دشمنی کی شروعات کرنا چاہتے ہو تاکہ مجھ سے چھٹکارا حاصل کر سکو۔'' الزورا اپنی ہمیشہ کی مسکراہٹ مسکرا رہا تھا جس کے حاشیوں پر خفت کے ذرا بھی نشانات نہ تھے۔ ''مگر میں اتنی آسانی سے در کنار کر دینے والی چیز نہیں ہوں۔ اور میں تمھیں دکھانا چاہتا ہوں کہ یہ دریا میری زندگی میں کیوں اتنی اہمیت رکھتا ہے۔''

''پہلے میں اس کے لیے اپنے اندر دلچسپی جگا تو لوں۔'' میں نے کہا اور اس کی آنکھوں کے اندر تاکنے لگا۔ پھر میں نے اپنے کندھے اچکا کر کہا۔ ''سوری گاڈ فادر، کوئی فائدہ نہیں۔ میں اپنے اندر کسی بھی طرح کے تجسس کا فقدان پا رہا ہوں۔ کیوں نہ ہم لوگ کسی دوسرے موضوع پر گفتگو کریں۔''

الزورا کے مکان کے جس کمرے میں ہم لوگ بیٹھے تھے اس میں آدم قد کھڑکیوں کے پلّے باہر کو کھلے ہوئے تھے جن پر چڑیوں کی بیٹ کی لمبی لکیریں تھیں۔ ہمارے سامنے کی کھڑکی سے نیچے سڑک کا شور سنائی دے رہا تھا جس کے دوسری جانب ایک عمارت کی شکستہ دیوار پر غالب کا سبزہ اگا ہوا تھا۔ میں میز پر پوروں کو رکھ کر اپنی انگلیوں کی ناہمواری کو ناپنے لگا۔ الزورا میری طرف نہیں دیکھ رہا۔ وہ اپنے خالی گلاس کے اندر بھی نہیں دیکھ رہا تھا۔ میں اٹھ کر اس کی کرسی کے پاس گیا اور میں نے اس کے کندھے پر اپنا ہاتھ رکھتے ہوئے کہا۔

''الزورا کبھی کبھی میں سوچتا ہوں کہ کیا ہی اچھا ہوتا اگر ہم ایک دوسرے کو نہ جانتے۔''

''کیا ہم ایک دوسرے کو جانتے ہیں؟'' الزورا نے مجھے لاجواب کرتے ہوئے کہا۔'' اور ایک دوسرے کو جاننے کی ضرورت ہی کیا ہے۔ ہم اس جانکاری کے بغیر بھی زیادہ بہتر یا بدتر جانور ثابت ہو سکتے ہیں۔''

''تو پھر تم اپنے بارے میں مجھے اتنا کیوں بتانا چاہتے ہو؟ اس کے لیے دریا کی طرف کیوں جانا چاہتے ہو؟''

''زیادہ بتانا مطلب زیادہ چھپانا، مطلب پانی کو زیادہ گدلا کر دینا ہے۔ الفاظ ہمارے سب سے آزمودہ اور طاقتور بے نقاب ہیں۔ اور دریا کی طرف جانے کا مطلب ہے اس جگہ کو لوٹنا جہاں سے ہم سارے جاندار رینگ کر باہر آئے ہیں۔ یہ میں نہیں، دنیا کے سب سے پہلے فلسفی طالیس کا کہنا ہے۔ یہ پانی ہماری جبلت میں حاوی ہے اسی لیے لوگ ساری عمر پانی کے طلسم میں گرفتار رہتے ہیں، جھیل اور سمندر کی طرف جانا چاہتے ہیں، کنوؤں میں ڈوب کر مرتے ہیں۔'' الزورا مسکرا رہا تھا اور میں اس کے مسوڑوں میں سونے کے دانتوں کو چمکتے دیکھ کر سوچ رہا تھا کہ اگر الزورا ہندو ہوتا تو جلنے کے بعد اس کی راکھ کو پانی سے چھونا کافی فائدے کا کاروبار ہوتا جیسا کہ بنارس کے کلّو گھاٹ میں لوگ کرتے ہیں۔

''تم سمجھتے ہو میری کہانی بس اتنی سی ہے، ایک شرابی جس کی کڈنی آخر کار ناکارہ ہو جانے والی ہے۔'' الزورا کی آواز آئی۔ ''ممکن ہے تم ٹھیک کہہ رہے ہو۔ یا پھر ممکن ہے تم غلط کہہ رہے ہو اور میں مرنے کے بعد جنت چلا جاؤں۔''

''تم کہیں بھی جاؤ آخر کار اسے جہنم ہی بنا ڈالو گے۔ چلو چلو دریا کی طرف چلتے ہیں۔'' میں میز سے سگریٹ کا پیکٹ اٹھاتے ہوئے اکتا کر کہتا ہوں کیوں کہ مجھے یاد آتا ہے ایک دوست کے ساتھ ساتھ میں ایک پرافیشنل بھی ہوں جس کے لیے اپنے گاہکوں کی خوشنودگی کا خیال رکھنا لازمی ہے۔ ''تمھیں پتہ ہے کہ الزورا کبھی کبھی مجھے لگتا ہے میں تمھیں پسند کرتا ہوں۔ مجھے اس کے لیے معاف کر دینا۔ اس سے تمھاری ذمہ داریاں میرے لیے بڑھ سکتی ہیں۔''

''میں نے ہمیشہ دوستوں کے مصائب جھیلے ہیں۔'' الزورا مسکرا رہا تھا۔''ایک ستم اور سہی۔ دوست بھلا اور کس لیے ہوتے ہیں؟''

☆☆☆

دریا کنارے عام دنوں کی طرح اکّے دکّے لوگ نظر آرہے تھے کیوں کہ یہ آفس کا وقت تھا۔ مگر مجھے بڑی حیرت ہوئی جب میں نے دیکھا کہ ایک عورت دریا کی حفاظتی دیوار پر ہماری منتظر تھی جسے اپنی طرف آتے دیکھ کر الزورا مسکرا رہا تھا۔

''گھبراؤ مت، اسے میں نے بلایا ہے۔'' الزورا نے میرے کان میں سرگوشی کی اور اس پیلے گلاب کی طرف اشارہ کیا جسے اس نے شناخت کے لیے اپنی شرٹ کے کاج میں ٹانک رکھا تھا۔

''مگر یہاں کیوں؟'' مجھے صاف نظر آرہا تھا کہ وہ کوئی اچھی عورت نہیں تھی۔ اس کے بھڑکیلے میک اپ ساڑی اور بلاؤز کو کس کر پہننے کا انداز اس بات کا غماز تھا کہ وہ لوگوں کی توجہ اپنی طرف کھینچنے کی عادی تھی۔ گرچہ اس نے مانگ میں سیندور بھر رکھا تھا مگر جانے کیوں مجھے لگ رہا تھا یہ سیندور فرضی تھا۔

''سونیکا۔'' الزورا نے عورت کا تعارف مجھ سے کراتے ہوئے کہا۔ ''ہم آج پہلی بار مل رہے ہیں۔ میں نے سونیکا کا نمبر ایک عوامی پیشاب خانے کی دیوار سے لیا تھا۔ اور یہ ایک نئی طرح کا اڈوینچر ہے۔''

''میرا ایک دوست ہے جسے میں نے اس کام پر لگایا ہوا ہے اور یہ کوئی اڈوینچر نہیں، میری روزی روٹی کا سوال ہے۔'' سونیکا نے کہا۔ ''مگر فون پر مجھے کیا پتہ تھا کہ میں دو ادھیڑ عمر کے بن مانس سے ملنے جارہی ہوں۔ خیر آگے کا کیا پروگرام ہے؟''

''آگے کا کوئی پروگرام نہیں۔'' الزورا نے جیب سے پانچ سو کا نوٹ نکال کر اس کے حوالے کرتے ہوئے کہا۔ ''ہم صرف یہاں شریف آدمی کی طرح بیٹھ کر گفتگو کریں گے، ایک ایسے شریف آدمی کی طرح جس کی کال کوٹھری کا دروازہ ابھی کھولا نہ گیا ہو۔''

سونیکا نوٹ تھام کر تھوڑی دیر ہچکچاہٹ کے ساتھ کھڑی رہی۔ پھر اس نے پرس کھول کر اسے اندر ڈال لیا، ایک ٹھنڈی سانس لی اور چپ ہوگئی۔ ہم تینوں حفاظتی دیوار کے سامنے کھڑے دریا پار تاک رہے تھے جہاں انگریزوں کے زمانے کے گودام گھر خاموشی کی چادر میں لپٹے ہوئے تھے اور آزاد ہندوستان کے کارخانے دھواں اگل رہے تھے جو سانپ کی طرح بل کھاتے ہوئے اوپر جارہے تھے۔

''زیادہ بات کرنا میں پسند نہیں کرتی۔'' آخر کار لانبے قد کی سونیکا نے سینہ پناہ پر اپنے بھاری کولھے ٹکا کر دریا کو رد کرتے ہوئے کہا۔''خیر اب پسند ناپسند کا سوال کہاں اٹھتا ہے۔ میرا نام سونیکا ہے۔ یہ میرا اصلی نام نہیں۔ اور کیا جاننا چاہتے ہو تم لوگ؟ یاد رکھو مجھے اپنے کام میں بیک وقت دو آدمی کا سامنا کرنے کی عادت نہیں۔''

''دو تو کیا میں تو ایک تجربے سے محروم ہوں۔'' الزورا ہمیشہ کی طرح اپنی کمینی مسکراہٹ مسکرا رہا تھا۔''گرچہ آدمی ہر روز نئی چیزیں سیکھتا ہے۔ ویسے میں بتا دوں اپنے دوست کو میں اس کی مرضی کے خلاف گھسیٹ کر یہاں لایا ہوں گرچہ ہر بار اس طرح کے معاملات میں وہی مرکزی کردار بن کر ابھرتا ہے جس کے بعد میری حیثیت ایک تماشائی سے زیادہ کی نہیں ہوتی یا اس ہدایت کار کی طرح ہوتی ہے جسے کھیل شروع ہوتے ہی اسٹیج سے غائب ہو جاتا ہے۔''

''مجھے رنڈیاں پسند نہیں۔'' میں ناخوشگواری کے ساتھ کہتا ہوں اور اذیت پسندی کے جذبے سے سرشار نظر آ رہا ہوں۔''اور اگر مجھے تمھارے بارے میں علم ہوا تو میں ادھر کبھی نہ آتا۔ شاید الزورا کو پیسے لٹانے کا شوق ہو۔ ممکن ہے وہ تمھاری طرف دوستی کا ہاتھ بڑھانا چاہتا ہو۔ مگر میں...... میں کچھ دوسری طرح کے گناہ کا شوق رکھتا ہوں۔''

میں ان دونوں کو چھوڑ کر آگے بڑھ جاتا ہوں جہاں حفاظتی دیوار کے سامنے ایک جگہ ایک بوڑھی مارواڑی عورت اپنی جواں سال نوکرانی کے ساتھ کھڑی کوؤں اور کبوتروں کو دانے ڈال رہی تھی۔ میں مڑ کر دیکھتا ہوں، دونوں مسکراتے ہوئے میری طرف تاک رہے ہیں۔ الزورا میری طرف دیکھ کر ہاتھ ہلاتا ہے۔ وہ میری توجہ دریا کی طرف مبذول کرنا چاہتا ہے جہاں ایک بھینس کا مردہ بہتا جا رہا ہے۔ اس مردے کی گردن پر ایک چڑیاں بیٹھی ہوئی ہے جو اس کے کان کے اندر ٹھونگے لگا رہی ہے۔ مجھے ابکائی آتے آتے رہ جاتی ہے۔ جانے کتنا وقت گذر جاتا ہے۔ دریا بہتے بہتے میرے ذہن سے باہر چلا جاتا ہے اور میں دیکھتا ہوں، مارواڑی عورت کی ٹوکری خالی ہو چکی ہے اور وہ اپنی نوکرانی کے ساتھ اپنی کار کے اندر بیٹھ رہی ہے۔ ڈرائیور اسٹیرنگ وہیل کے پیچھے بیٹھا دریا کی طرف تاک رہا ہے۔ ایک سفید بالوں والا کتا اس کے بغل میں کسی فلسفی کی طرح چہرہ لٹکائے بیٹھا ہے جیسے وہ اس کائنات کی حقیقت سے بیزار ہو۔ کتے کے ابرو کے بال کافی گھنے ہیں جنھوں نے اس کی آنکھوں پر سایہ کر رکھا ہے جیسا کہ ستر اسی سال کے بڈھوں میں نظر آتا ہے۔

''اتنا مت اتراؤ۔'' میں کتے سے کہتا ہوں اس بات سے لاپرواہ کہ میری آواز صرف مجھے سنائی دے رہی ہے۔ ''تم اس چچماتی کار میں ہونے کے باوجود ایک کتا ہی رہو گے۔''

☆☆☆

ایک مختصر سی نیند اور میری آنکھیں پھر سے کھل گئی ہیں۔ سونیکا آئینہ کے سامنے بیٹھی اپنے بالوں میں کنگھی کر رہی ہے۔ مجھے پتہ نہیں میں کتنی دیر سوتا رہا تھا جب کہ ہمارے درمیان اس طرح کا کوئی معاہدہ نہ تھا۔ وہ اس وقت پینٹ کوٹ اور بلاؤز پہنے ہوئی تھی اور اپنی طبعی عمر سے کچھ زیادہ نظر آرہی تھی۔ اس نے آئینے کے اندر مجھے جاگتے دیکھا اور ہونٹوں پر لپ اسٹک لگاتے مسکرائی جس کا مقصد اور کچھ نہیں لپ اسٹک کو اچھی طرح ہونٹوں کی شکنوں کے اندر تک پہنچانا تھا۔

''موبائل پر تمھارے دوست نے تمھیں فون کیا تھا۔''

''اور تم نے اس سے بات کی؟''

''نہیں، میں اپنے پیشے کی نزاکت کو اچھی طرح سے سمجھتی ہوں۔ میں موبائل میں اس کا نام پڑھ کر بتا رہی ہوں۔''

''گڈ گرل۔'' میں اٹھ کر تکیہ پر کہنی رکھتے ہوئے انگڑائی لیتا ہوں۔''تم میرے دوستوں سے ملتی رہتی ہو؟''

''میں نے صرف ایک دوبار ریستوراں میں اس کے ساتھ شراب پی ہے اور بس۔'' اس نے کھڑے ہو کر ساڑی کی تہوں کو اپنے جسم کے گرد لپیٹتے ہوئے کہا گرچہ مجھے پتہ تھا وہ جھوٹ کہہ رہی ہے۔'' وہ بہت زیادہ باتیں کرتا ہے اور بوریت کی حد تک نیک بندہ ہے۔ لیکن جانے اتنی زیادہ پی جانے پر بھی اسے نشہ کیوں نہیں ہوتا۔ پھر وہ پیتا ہی کیوں ہے؟''

''الزورا کے بارے میں سوچنا چھوڑ دو۔'' میں نے سگریٹ سلگاتے ہوئے کہا۔ ''تمھارا ذہن تھک جائے گا اور تم کسی نتیجے پر نہیں پہنچ پاؤ گی۔ وہ ایک دلدل ہے۔ جس نے بھی اس کے اندر غوطہ لگایا پھر کبھی ابھر نہ پایا۔ اس کی جیتی جاگتی مثال میں ہوں۔ ہمارے درمیان کبھی وکیل اور موکل کا رشتہ تھا، اب دیکھو میں کہاں پر ہوں۔ اب میری حیثیت ایک کتے کی طرح ہے جسے وہ جلتے ٹائر کے اندر سے گذرنے کا مشق کروا رہا ہے۔''

''میں تم جیسے پیچیدہ مردوں میں اپنا دماغ نہیں کھپاتی۔'' وہ بولی۔ ''میں صرف اتنا جانتی ہوں کہ تم مردوں کے پاس دماغ صرف ایک ہوتا ہے جب کہ جیبیں دو یا دو سے زیادہ ہوتی ہیں۔''

باؤڑا اسٹیشن کے باہر واقع اس بدنام زمانہ ہوٹل سے جب ہم باہر نکلے تو باؤڑا پل کا ڈھانچہ دھوپ سے تمتما رہا تھا اور اس پر بچھی تارکول کی سڑک سلگ رہی تھی۔ سونیکا کو ٹالی گنج کے لیے روانہ ہونا تھا۔ میں نے دیکھا ٹرام کی متروک پٹری پر ایک بھاری بھرکم آدمی کھڑا ہماری طرف تفتیش بھری نظروں سے تاک رہا تھا۔ سونیکا پرس جھلاتے ہوئے ایک سرکاری بس کے اندر غائب ہوگئی جس کا نمبر ونڈ اسکرین پر چونے سے لکھا ہوا تھا اور جس کا ڈرائیور کسی بل ڈاگ کی طرح اسٹیئرنگ وہیل پر بیٹھا بے زار نظروں سے کلکتہ کی طرف تاک رہا تھا اور رہ رہ کر پلاسٹک کی ایک غلیظ بوتل سے پانی پی رہا تھا۔ میں نے پٹری پر کھڑے اس بھاری بھرکم شخص کی طرف قدم بڑھاتے ہوئے اسے رکنے کا اشارہ کیا۔

''شاید آپ مجھے جانتے ہیں؟'' میں نے اس سے بنگالی میں پوچھا۔

''قطعی نہیں۔'' اس نے مسکراتے ہوئے کہا۔ وہ پسینے میں ڈوبا ہوا تھا اور مرطوب علاقے میں جینے والے کسی سمندری گھوڑے کی طرح گیلا نظر آ رہا تھا۔ ''لیکن یہ اکثر دیکھا جاتا ہے کہ ایک بالکل ہی نیا چہرہ بہت شناسا سا ثابت ہوتا ہے۔''

''جیسے کسی کاربن پیپر کے نیچے سے نکل آیا ہو۔'' میں نے مسکراہٹ لوٹاتے ہوئے کہا۔ ''اس طرح دیکھا جائے تو ہم اپنے حافظے پر زیادہ بھروسہ نہیں کر سکتے؟''

''انسانی حافظہ وہ سنڈاس ہے جو بھرتا رہتا ہے، بھرتا رہتا ہے۔'' فربہ آدمی اپنے پیلے دانت باہر نکال دیئے تھے جیسے وہ ان کی نمائش کے لیے وہاں کھڑا ہو۔ ''......اور جب گھڑا پھوٹتا ہے تو ہمیں یہ سمجھنے میں پریشانی ہوتی ہے کہ یہ گندگی ہمارا حصہ ہے کہ ہم ایک کیڑے کی طرح اس گندگی کا حصہ بن چکے ہیں۔''

''چھوڑو بھی اس طرح اندھیرا مت پھیلاؤ۔'' میں نے لاپرواہی سے شانے اچکاتے ہوئے کہا۔ ''ہم کیوں نہ اچھی چیزیں سوچیں۔ کھاتے پیتے لوگوں کے درمیان اس طرح کی گفتگو کا کیا کام ہے۔ لوگ سمجھیں گے ہم حزن وملال کے پیغمبر ہیں جو ہر روز اس پل کو ٹوٹ کر دریا برد ہوتے دیکھنے کی امید میں اس طرف آ نکلتے ہیں۔''

☆☆☆

اس شخص سے دوبارہ ملاقات کے قوی امکان کی امید کا جب میں نے الزورا سے ذکر کیا تو وہ فکر مند نظر آیا۔

''کیا کہا تم نے گیم شیم، یہی الفاظ تھے نہ تمہارے؟'' اس نے کہا۔ پھر سیٹی بجائی۔

''اور اب تم اس سے کس چیز کی امید رکھتے ہو؟ یاد رکھو، خواہ مخواہ کے کھونے اکٹھے کرنا دانش مندی کا کام نہیں۔''

''لیکن کچھ کھلونے تفریح طبع کا کام بھی انجام دیتے ہیں اور کچھ کھلونے بلا وجہ سہی مگر ساری زندگی تم اپنی نفسیات کے طاقچے پر انہیں رکھنے پر خود کو مجبور پاتے ہو۔''

''وہ خدا کے بنائے ہوئے خاص کھلونے ہیں جن سے انکار ممکن نہیں۔ اور یہ بھی ہے کہ صحیح کھلونے ہم جیسے گنہگار بچوں کو کبھی ودیعت نہیں ہوتے بلکہ میں تو کہتا ہوں ہمیں اپنے گناہوں کی مغفرت کے لیے ہاتھ اٹھانے کے بارے میں سوچنا ترک کر دینا چاہیے۔ یہ وہ معاملات ہیں جنہیں اوپر والا اپنے ڈھنگ سے طے کر چکا ہے۔''

''تم اپنی باتوں کے ذریعے کیا ثابت کرنا چاہتے ہو کہ تمہاری نیت میں کھوٹ نہیں، کہ تمہاری حیثیت ایک کٹھ پتلی سے زیادہ کی نہیں اور اس طرح دیکھا جائے تو تم پر کسی طرح کی ذمہ داری عائد نہیں ہوتی، ایک روبوٹ کی طرح جو اپنے پروگرام کے باہر کچھ بھی کرنے پر قادر نہیں؟ چلو بھی، یہ اداکاری چھوڑو۔ تمہارے اس فرسودہ میک اپ سے اب کام چلنے والا نہیں۔ یہ دنیا اپنے محور پر بہت آگے نکل چکی ہے۔''

''میری نیت میں کوئی بھی کھوٹ نہیں، کتنا معمولی سا جملہ ہے نا یہ جو اپنے آپ کو ہر پل غلط ثابت کرتا رہتا ہے۔'' اور الزورا اٹھ کر ٹیرس پر ٹہلنے لگا جو نیچے سڑک سے گذرتی گاڑیوں کے سبب اپنے ستونوں پر لرز رہا تھا۔ اس نے آسمان کی طرف دیکھا جہاں کچھ بھی نہ تھا۔ اس نے میری طرف دیکھا۔ مگر کیا وہ میری طرف دیکھ رہا تھا؟ کیا میں خود اپنے اندر موجود تھا؟

''میری نیت میں کوئی کھوٹ نہیں۔'' الزورا نے پھر سے دہرایا۔ ''لیکن جیسا کہ تم کہتے ہو میں ان ڈوریوں کا کیا کروں جو میری مرضی کے خلاف مجھے حرکت کرنے پر مجبور کرتی ہیں، مجھے منہ کے بل گراتی رہتی ہیں، سر کے بل لٹکائے رکھتی ہیں اور آخر میں ہمارے گلے کا پھندا بن جاتی ہیں۔''

تو گیا کچھ نادیدہ ڈوریوں نے مجھے بھی اپنے قبضے میں کر رکھا تھا۔ کیونکہ سونیکا کے لیے میری تڑپ سے میں خود بھی حیران تھا۔ کیا ایک انسانی جسم کسی دوسرے پر اس حد تک قابض ہوسکتا ہے؟ سونیکا جس کی آنکھیں یوں تو ہر وقت مسکراتی ہیں مگر ان میں خوشی کی کوئی رمق نہیں جاگتی، جس کے ہونٹوں کے دبیز نشانات میرے دل تک نہیں پہنچتے، اچانک آنکھیں بند کرنے پر وہ کیوں اتنی زیادہ روشن ہو اٹھتی ہے کہ اسے پتلیوں پر سنبھالنا ناممکن ہو جاتا ہے۔

اور اسی دوران اس شہر میں تنہا لوگوں کی بھیڑ بڑھتی جا رہی ہے، وہ بھاگتے ہوئے اپنی جگہ منجمد لوگ ہیں، وہ واپس تاکنے سے خوفزدہ لوگ ہیں، وہ مستقبل کے لیے کسی طرح کے جائز یا ناجائز دعوے پیش نہیں کرتے اور میں ان لوگوں کی منفرد بھیڑ کا وہ نادر چہرہ ہوں جس نے ایک ننگے اور بے پناہ جسم کی تہوں کے اندر اپنی ایک خفیہ کہانی لکھنے کی کوشش کی ہے، ایک ایسی کہانی جسے وہ دنیا سے چھپا کر لکھنا چاہتا ہے۔

''دھیرے دھیرے تم ایک پتھر بنتی جا رہی ہو۔'' ایک دن میں سونیکا سے شکایت کرتا ہوں کیوں کہ اس کا جسم کسی بھی طرح کے شہوانی ردِّ عمل سے خالی ہے۔

''سوری۔ میرا لڑکا بیمار ہے۔''

میں اس کے پیٹ پر سیزرین کے نشانات دیکھ چکا ہوں۔

''اور دوسرا؟''

''وہ مر چکا ہے۔''

''اُسے کیا ہوا تھا؟''

''تھلیسیمیا!''

''اور اسے؟''

''یہ بھی تھلیسیمیا کا شکار ہے۔''

میں اس کے ننگے جسم سے اس کی روح کی طرح الگ ہو کر بیٹھ گیا ہوں۔

''اور تمہارا شوہر؟''

''میں طلاق شدہ ہوں۔''

''وہ اپنے بچے کی خبر نہیں لیتا؟''

''وہ اس ملک سے ہمیشہ ہمیشہ کے لیے جاچکا ہے۔ اس کے پاس ایک بہت ہی ملائم دل ہے۔ اس سے ان بچوں کا مرنا دیکھا نہیں جاتا۔''

''مجھے افسوس ہے سونیکا۔''

''نہیں۔'' سونیکا میرے ہونٹوں پر اپنی انگلی رکھ دیتی ہے۔ ''ہمدردی مت جتاؤ۔ تم واحد شخص ہو جسے میں ہمدردی کی کھائی میں غائب ہوتے نہیں دیکھنا چاہتی۔ میں اس دنیا کی بے رحمی کے سہارے ہی زندہ ہوں۔ تم دیکھ رہے ہو اوپر والا جب شدید دکھ دیتا ہے تو اسے برداشت کرنے کی بے حسی بھی عطا کرتا ہے۔ کم آن، یہ تم ایسا کیوں کر رہے ہو؟ دیکھو میں اب جاگ چکی ہوں۔ میں ایک پرفیشنل ہوں۔ مجھے اپنی غلطی کا اعتراف ہے۔ میں اس کا ازالہ کرنا چاہتی ہوں۔''

وہ مجھ سے لپٹنا چاہتی ہے۔ اس کی زبان کسی کیڑے کی طرح میرے سارے جسم پر رینگ رہی ہے، میری شہوانی خواہش کو ہوا دینا چاہ رہی ہے۔ مگر بہت دیر کی کوشش کے بعد وہ مجھے جگانے میں ناکام رہتی ہے۔ آخر وہ تکیہ کے اندر منہ ڈال کر پھوٹ پھوٹ کر رونے لگتی ہے۔

''تمہارا دل کسی فاختہ کی طرح نرم ہے۔'' وہ اپنا گیلا چہرا میری طرف اٹھا کر کہتی ہے۔ ''یہ دنیا کمزور بدن لوگوں کی آماجگاہ بنتی جارہی ہے۔''

''میں واقعی ایک کمزور انسان ہوں۔ تمہارے شوہر کی طرح۔'' میں کہتا ہوں۔ ''لیکن میں تمہارے بچے کو دیکھنا چاہتا ہوں۔''

''میں نے اسے اسپتال میں داخل کرادیا ہے۔'' اس نے اپنے آنسو پونچھ لیے ہیں۔ ''وہ اچھے ہاتھوں میں ہے۔ چلو بھول جاؤ اسے۔ کسی بار میں بیٹھ کر ہم ایک دو گلاس پیتے ہیں۔ میرا سر درد سے پھٹا جارہا ہے۔''

''کیوں نہیں۔'' میں کہتا ہوں اور دریا سے گذر کر ہم چورنگی روڈ پر ٹیکسی سے نکل کر ایک بار میں داخل ہوتے ہیں جہاں اس وقت Happy Hours ہے، ایک چینی سنگر فولڈنگ چیئر پر بیٹھی میک اپ کر رہی ہے اور ایک آدھ سازندے اپنے ساز ٹھیک کرنے میں مصروف ہیں۔ ہم دن ڈھلنے تک اتنا پی لیتے ہیں کہ مشکل سے اپنی اپنی ٹیکسی میں بیٹھ پاتے ہیں۔ گھر پہنچ کر اچانک مجھے لگتا ہے دیواریں کافی دبیز ہوگئی ہیں، گھر کے لوگ، میری بیوی، میرے بچے، میرا

کتا ہاری جو میرے بریف کیس کو زمین پر رکھتے ہی اس کے ہینڈل کو جبڑوں سے پکڑ کر گھسیٹتے ہوئے میری خواب گاہ کے اندر اس کی مخصوص جگہ پر لے جاتا ہے، ہر چیز میری سمجھ سے باہر ہے۔ باہر گلی میں ایک سائل کی بے وجہ کی پکار ہے اور ایک طیارہ ہماری چھت کو توڑتا ہوا میرے دماغ کے اندر کریش لینڈ کرنا چاہتا ہے۔

☆☆☆

کیتھڈرل روڈ کے کشادہ فٹ پاتھ پر بہت ہی بھاری بھرکم پیڑ اپنے نادیدہ گھونسلوں کے ساتھ کھڑے ہیں۔ یہاں پر سڑک کی صفائی ایک دوسرا کلکتہ پیش کرتی ہے۔ بارش کے بعد ہوا بالکل سرد ہو رہی ہے جو اکتوبر کے مہینہ کے لیے غیر فطری ہے۔ میں پی جی اسپتال کے پھاٹک پر پہنچ چکا ہوں اور اس کے گندے گلیاروں میں بھٹک رہا ہوں۔ بچوں کے وارڈ میں وہ لڑکا اپنی بڑی بڑی آنکھوں سے میری طرف تاک رہا ہے۔ اس کے سارے بدن میں پلاسٹک کے پائپ لگے ہیں۔ اور تمام وارڈوں کی طرح اس وارڈ کی مہک بھی ناقابلِ برداشت ہے۔ ہر دوسرے یا تیسرے بستر سے آکسیجن کے سیلنڈر لگے ہیں یا بوتلوں سے قطرہ قطرہ زندگی ٹپک رہی ہے۔ یہاں زیادہ تر آنکھیں ایک ایسے مستقبل کی طرف تاکنے کی عادی ہو چکی ہیں جو تنگ ہوتے ہوتے ایک روزنِ سیاہ میں بدل جاتا ہے جس سے واپس لوٹنا ممکن نہیں ہوتا۔

سونیکا کی مسکراتی آنکھیں میری طرف تاک رہی ہیں۔ وہ مریض کے سامنے ایک اسٹول پر بیٹھی کافی تر و تازہ نظر آ رہی ہے (کیا وہ اپنے بچے کے سامنے کسی طرح کی اداکاری کر رہی ہے؟) وہ اپنے بچے کے لیے آنے والے جاڑے کے پیشِ نظر ایک سوئٹر بن رہی ہے۔ (شاید اس کا مقصد بچے کے سامنے ایک لمبی زندگی کا illusion قائم کرنے کے علاوہ اور کچھ نہ ہو۔) آہ وہ فریب جو ہم خود کو دیا کرتے ہیں! میرا جی چاہتا میں چپ چاپ واپس چلا جاؤں مگر میں بہت دیر تک وہاں رک جاتا ہوں اور تب مجھے الزورا دکھائی دیتا ہے جسے دیکھتے ہی گیس ماسک کے اوپر بچے کی آنکھیں (یہ آنکھیں سونیکا کی تھیں) چمک اٹھی ہیں۔ دراصل یہ ان کی آنکھوں کی چمک تھی جس نے مجھے الزورا کی طرف دیکھنے پر مجبور کیا تھا۔ مجھے دیکھ کر الزورا کی آنکھوں میں کوئی حیرت نہیں جاگتی۔

''سونیکا نے مجھے بتایا تھا تم آنے والے ہو۔'' وہ شاید کہیں سے کوئی رپورٹ لایا تھا جسے سونیکا کے حوالے کر دیتا ہے۔ وہ بچے کے سر پر ہاتھ پھیر رہا ہے، اس کے ساتھ باکسنگ کی اداکاری کر رہا ہے۔

''اسے موت سے ڈر نہیں لگتا۔ کیوں الزورا؟'' وہ اپنی جیب سے ایک چھوٹا سا ویڈیو گیم نکال کر کھیلنے لگتا ہے۔

''الزورا تمہیں یہ گیم چاہیے۔'' وہ بچے سے مخاطب ہے گرچہ اس کی طرف نہیں تاکتا۔ الزورا ایک کمپیوٹر جینیس ہے۔'' اس نے مجھ سے مخاطب ہوئے بغیر کہا تھا۔

میں چونک کر اس کی طرف دیکھتا ہوں۔

''اس کے اس نام سے مت چونکو، اس نے مجھ سے یہ نام خود لیا ہے۔'' الزورا گیم کھیلتے ہوئے کہتا ہے۔'' اور ہم دونوں کے درمیان ایک خفیہ معاہدہ بھی ہو چکا ہے۔

سونیکا اپنی جگہ بیٹھی اس تماشے کو دیکھ رہی ہے جیسے اسے پتہ ہو الزورا، مقدمہ باز انسان، آخر میں خود بخود اپنا راز اگل دے گا۔ اور وہ وہی کرتا ہے۔

''ہم نے طے کیا ہے کہ مرنے کے بعد بھی ہم ایک دوسرے سے رابطہ قائم رکھیں گے۔'' وہ ویڈیو گیم بچے کی طرف بڑھا دیتا ہے جسے وہ اپنے مرجھائے ہوئے ہاتھ سے تھام لیتا ہے۔

سونیکا رپورٹ کے ساتھ ڈاکٹر کی تلاش میں چلی گئی ہے جو اتنے بڑے اسپتال میں جانے کہاں گھوم رہا ہوگا۔ الزورا نے بچے کا ایک ہاتھ تھام رکھا ہے اور دونوں میٹھی نظروں سے ایک دوسرے کو تاک رہے ہیں۔

''ہمیں ایک دوسرے سے اتنا قریب دیکھ کر تمہیں حسد ہو رہا ہوگا۔'' الزورا مڑ کر میری طرف دیکھ کر آنکھ مارتا ہے۔ ''چھپاؤ مت میں جانتا ہوں، تم ہمیشہ کے لیے ایک حاسد انسان رہے ہو۔ لوگ بلاوجہ نہیں کہتے کہ تم سارے وکیل آخر میں جہنم رسید کیے جاؤ گے۔''

☆☆☆

الزورا کی پرانی عمارت کے ٹیرس پر ہم کئی جام ٹکرا چکے ہیں۔ نتیجہ: آسمان پر کچھ نئے ستارے نکل آئے ہیں جو دراصل ہماری نشیلی آنکھوں کی ایجاد ہیں۔ نیچے سڑک پر پرچھائیاں مختلف شکلیں لینے لگی ہیں۔ ایک کھڑکی بار بار ہماری سماعت کی دیوار سے ٹکراتی ہے، کھلتی ہے،

بند ہوتی ہے، پھر سے کھل جاتی ہے۔ کبھی کبھی یہ ہمیں یاد رہتی ہے، کبھی ہم اسے بھول جاتے ہیں۔ الزورا ایک اور جام بنا رہا ہے......On the rocks۔

''تمہیں ہم دونوں کے تعلقات کا پتہ تھا؟''

''کسے پرواہ ہے۔'' الزورا ہنستا ہے۔''اور پھر اس سے عورتیں نیچے کہاں گرتی ہیں؟ یہ تو ہم مرد ہیں جو اپنا جسم بیچتے ہیں اور پیسے کی شکل میں اس کا کفارہ ادا کرتے ہیں۔ خیر اب اسے جانے دو۔ اب تو الزورا بھی نیم تلہ میں جل چکا۔''

مجھے اس کی اطلاع مل چکی تھی۔ میں نے سونیکا کو اس کے بعد بہت تلاش کی مگر اس کا ٹھکانہ بدل چکا تھا۔ شاید اس نے جینے کا کوئی نیا محور تلاش کر لیا ہو۔'' میں اس کے جسم سے گدھ کی طرح چپکا رہا اور تم اس کی مرحم پٹی کرتے رہے۔ تو یہ کردار ہے تمہارا۔ یہ کیسی Hypocracy ہے الزورا؟ مجھے تم سے ڈر لگنے لگا ہے۔ اب میں جان گیا ہوں تم دریا کی طرف کیوں جانا چاہتے تھے؟''

''بہت خوب، تو ایک بار پھر کل کیوں نہ ہم دونوں ہوگلی پُل سے گذر کر بوٹینکل گارڈن کے مردہ گھاٹ کی طرف جائیں۔''

''وہاں ایسا کوئی مردہ گھاٹ نہیں۔ صرف ایک جگہ ایک سنسان کنارہ ہے جہاں جانوروں کے مردے ڈالے جاتے ہیں جن کے انتظار میں گدھ درختوں کی پھنگوں میں بیٹھے بیٹھے ٹہنیوں اور شاخوں پر اپنی چونچیں گھستے رہتے ہیں۔''

''ہم دونوں جانوروں کے جانے سے اسے مردہ گھاٹ کا رتبہ مل جائے گا کیونکہ صحیح طور پر دیکھا جائے تو ہم دونوں جانور تو ہیں مگر زندہ کب ہیں؟'' الزورا نے جام اٹھا کر آنکھ ماری۔'' میں نے پیشاب خانے سے ایک نئی عورت کا پتہ لیا ہے، لیکن اس بار یہ پیشاب خانہ عوامی نہیں ایک پانچ ستارہ ہوٹل کا تھا جس کے آئینے میں یہ نمبر ایک قیمتی مارکر پین سے لکھا گیا تھا۔ اس نے فون پر بتایا ہے کہ وہ کلیوپڑا کی طرح خوبصورت ہے اور اب میرے لیے یہ جاننا ضروری ہوگیا ہے کہ کیا یہ صحیح ہے؟ تمہارے پاس کلیوپڑا کی کوئی تصویر ہے؟ میں نے سنا ہے پورے یورپ کی تاریخ اس کی ناک کی نوک سے لکھی گئی ہے۔''

''تم صرف ایک ناکام جوکر ہو جو ایک کارٹونسٹ بننے کی کوشش کر رہا ہے۔'' میں جھک کر اس کی آنکھوں کے اندر تاکتا ہوں۔ ''میرے جوکر مجھے بتاؤ اب کون سا نیا کرتب دکھانے جا رہے ہو تم؟''

الزورا کوئی جواب نہیں دیتا۔ اور تب مجھے احساس ہوتا ہے کھڑکی کا کھلنا اور بند ہونا اچانک بند ہو گیا ہے۔ پھر الزورا انگڑائی لے کر آسمان کی طرف تاکتا ہے۔

''میں کسی فرشتے میں یقین نہیں رکھتا۔'' وہ دھیرے دھیرے کہتا ہے۔ ''کیونکہ میں جانتا ہوں اب ہم انسان ایسی چیز نہیں رہے کہ اس کے لیے کوئی فرشتہ خدا کی طرف سے پیغام لے کر اترے۔ شاید ہمیں اب اس کے بغیر ہی کام چلانا ہوگا۔ یوں بھی جب اتنی ساری کھائیاں ہماری چاروں طرف بن چکی ہوں تو انہیں لانگھنا تو پڑتا ہی ہے، چاہے اس کوشش میں ہم اس کی نذر ہی کیوں نہ ہو جائیں۔

''جیسا کہ میں ہو چکا ہوں۔'' میں اپنا گلاس اٹھا کر اس کے گلاس سے ٹکراتا ہوں اور تاریک آسمان کی طرف تاکتا ہوں جہاں دھندلے تاروں کے بیچ ہمارے تخلیق شدہ ستارے زیادہ روشن ہو گئے ہیں۔ ''چیرس، اور عزت مآب الزورا اگر آپ برا نہ مانیں تو میں اپنی کھائی میں پڑا پڑا ایک جوکر کو چھلانگ لگا کر اپنے اوپر سے گذرتے دیکھتا رہوں گا جب تک وہ میری طرح کھائی کی نذر نہ ہو جائے۔''

''جانے تم کس کھائی کی بات کر رہے ہو۔'' الزورا ہنسا۔ ''ایک جوکر کا سارا کھیل ہی بناوٹی ہوتا ہے۔''

☆☆☆

برسو رام دھڑا کے سے

— معین الدین جینا بڑے

پچھلے دنوں ہندوستان میں میرے مختصر سے قیام کے دوران اچانک ٹھنڈی رام سے ملاقات ہوگئی۔ برسوں بعد غیر متوقع طور پر جب وہ مجھے ملا تو میں اس سے لپٹ گیا۔ اس نے بھی مجھے بھینچ لیا۔ بڑی دیر تک ہم ایک دوسرے سے گتھے رہے۔ ویسے اگر آپ اس وقت ہم دونوں کو دیکھتے، تو یہی کہتے کہ یہ بھرت ملاپ چند لمحوں کا تھا اور آپ کی بات کچھ غلط بھی نہ ہوتی کیونکہ گھڑی کی سوئیوں کے حساب سے تو ہم چند سیکنڈ ہی آپس میں لپٹے رہے لیکن واقعہ یہ ہے کہ ہم دونوں اس وقت ایک دوسرے سے ملنے کی خوشی میں کچھ ایسے پاگل ہو گئے تھے کہ وقت کو ناپنے والے اس آلے کی ٹک ٹک ہمارے لیے بے معنی ہو گئی تھی۔

جب ہم الگ ہوئے تو ذرا فاصلے سے ہم نے ایک دوسرے کو نظر بھر کر دیکھا۔ اب اس عمر میں دیکھنے جیسا کیا رہ گیا ہے۔ پھر بھی، میرے بالوں کی سفیدی اس کے بالوں سے جھانک رہی تھی اور اس کی آنکھوں کی نمی میری آنکھوں میں تیر رہی تھی۔ میں نے پہلی بار جانا کہ وقت واقعی بڑا سفاک ہوتا ہے اور پہلی بار مجھے احساس ہوا کہ میں بوڑھا ہو گیا ہوں۔

ہم ایک دوسرے کی سننے اور اپنی سنانے کے لیے اندر ہی اندر چھٹپٹا رہے تھے۔ لیکن پہل دونوں میں سے کوئی نہیں کر پا رہا تھا۔ دراصل ہوا یہ تھا کہ ہمارا رواں رواں بول رہا تھا اور لفظ گونگے ہو گئے تھے ...... اور جب لفظ گونگے ہو جاتے ہیں تو ہر چیز کو زبان مل جاتی ہے؛ مسکراہٹ کو بھی ...... میری مسکراہٹ کے جواب میں ٹھنڈی نے گردن ہلائی اور کہا: ''ہم لوگ تو سچ مچ ہی بوڑھے ہو گئے رام کا نام لے کے۔''

مجھے شرارت سوجھی۔ یہ بھلا کیسے ہو سکتا ہے کہ ٹھنڈی مل جائے اور میں اس کے چٹکی نہ لوں، چاہے وہ پچاس برس بعد ہی کیوں نہ ملا ہو۔ میں نے کہا: ''اپنے ساتھ مجھے کیوں بڈھا کہہ رہا ہے بڑھؤ اور تو کوئی آج بوڑھا تھوڑے ہی ہوا ہے، 'تو، تو پیدائشی بوڑھا ہے۔''

''تو میں پیدائشی بوڑھا ہوں، رام کا نام لے کے۔ اور تو؟''

''اور میں سدا کا جوان ہوں، رام کا نام لے کے!''

میرے اس طرح رام کا نام لینے سے وہ بڑا محظوظ ہوا۔ قہقہہ مار کر ہنسنے لگا اور مجھ سے لپٹ گیا۔ میں نے بھی اسے بھینچ لیا۔ اب ہم دونوں مل کر ہنس رہے تھے اور راستہ چلتی بھیڑ میں سے کچھ راہ گیر ہماری طرف دیکھ کر مسکرا رہے تھے...... رام کا نام لے کے!

رام کا نام لے کے، بچپن ہی سے ٹھنڈی کا تکیہ کلام رہا ہے۔ کبھی اس کا جملہ اس فقرے سے شروع ہوتا تو کبھی اس پر ختم اور بعض اوقات جملے کے بیچ ہی میں کہیں جب وہ اٹکنے لگتا تو رام کا نام لے کے اسے پورا کر دیتا تھا۔ اس کی یہ عادت پورے گاؤں کے لیے مستقل تفریح کا باعث تھی۔ ہم اسے رام کا نام لے لے کر چڑاتے تھے اور چھیڑ کا مزہ اس وقت دوبالا ہو جاتا جب وہ ہمیں رام ہی کا نام لے کر صلواتیں سناتا۔ اس پر ہم اسے بڑے سخت لہجے میں ٹوکتے کہ ابے رام جی کا نام لے کر گالیاں بکتا ہے اور اس کا جواب اس سے نہ بن پڑتا۔ وہ جھلا جاتا اور خفت مٹانے کے لیے اور اونچی آواز میں اپنے تکیہ کلام کے سہارے ہمیں بے نقط سنانے لگتا۔

بعض اوقات چھیڑ چھاڑ میں ہاتھاپائی کی نوبت آجاتی اور کبھی کبھار بات اس سے بھی آگے بڑھ جاتی جیسے اس شام ہوا تھا جب ٹھنڈی نے رام کا نام لے کے ایک نوکدار پتھر اٹھایا تھا اور نشانہ باندھ کر مجھے لہولہان کر دیا تھا۔ وہ برسات کے دن تھے شام کا وقت تھا، خوب گھنے بادل چھائے ہوئے تھے لیکن برس نہیں رہے تھے اور ہم سب کورس میں رام جی کی دہائی دے رہے تھے۔

برسورام دھڑاکے سے بڑھیا مر گئی فاقے سے

مجھے یہ سوال ہر بار پریشان کرتا تھا کہ ہم دہائی تو بڑھیا کے مرنے کی دیتے ہیں لیکن کہا یہی جاتا ہے کہ رام جی کی دہائی دے رہے ہیں۔ آخر اس کی وجہ کیا ہے؟ پتہ نہیں کیوں مجھے ایسا لگا کہ اس سوال کا جواب ٹھنڈی کے پاس ہوگا۔ اپنے ساتھیوں سے ذرا الگ ہو کر میں نے ٹھنڈی کو اپنے پاس بلایا تھا اور واقعی بڑی سنجیدگی کے ساتھ اس کے سامنے اپنا سوال رکھا تھا۔ یہ تو میرے وہم و گمان میں بھی نہ تھا کہ اس سوال سے ٹھنڈی چڑ جائے گا۔ میرا سوال سنتے ہی اس کے چہرے کا رنگ بدل گیا تھا۔ اس وقت میں ٹھنڈی کو چھیڑنے کے موڈ میں ہرگز نہیں تھا لیکن اب ٹھنڈی، گرمی کھا چکا تھا۔

''دبائی چاہے جس کی دیتے ہوں، تم رام کا نام نہ لیا کرو۔''

''کیوں نہیں؟''

ٹھنڈی کے پاس کوئی معقول وجہ نہیں تھی، ہو بھی نہیں سکتی تھی لیکن چپ رہنے میں بڑی سبکی ہوتی اس لیے اس نے جو منہ میں آیا سو کہہ دیا۔

''تو مسلما جو ہے۔''

''مسلمان ہیں تو کیا رام جی کا نام نہ لیں!''

''ہاں نہ لیں!''

''اور تو جو محرم کی دسویں کے روز نشان کے ساتھ سب سے آگے آگے چلتا ہے!''

''وہ تو ہم اپنے باپو کے ساتھ چلتے ہیں۔''

''چلتے تو ہو۔''

''ہم کوئی آج سے تھوڑی ہی چل رہے ہیں۔''

''ہم بھی کوئی آج سے تھوڑے ہی رام کا نام لے رہے ہیں۔''

''جو بھی ہو تم رام کا نام نہ لیا کرو۔''

''کیوں؟''

''کہہ جو دیا!''

''یہ کیوں نہیں کہتا کہ تجھے مرچیں لگتی ہیں، رام کا نام لے کے۔''

میرا ارادہ جیسا کہ میں کہہ چکا ہوں، اس وقت ٹھنڈی سے لڑنے جھگڑنے کا ہرگز نہیں تھا لیکن میں خود کو روک نہیں سکا اور میں نے بھی وہی کہہ دیا جو منہ میں آیا۔ اگر یہ آخری جملہ میرے منہ سے نہ نکلتا تو وہ نوکدار پتھر وہیں سامنے زمین پر پڑا رہتا اور میری دائیں آنکھیں کے اوپر بھوں کے بالوں سے جھانکتا ہوا زخم کا جو نشان آپ اس وقت دیکھ رہے ہیں، وہ نہ ہوتا...... ٹھنڈی کی نظریں اسی نشان پر جمی ہوئی تھیں۔ اس نے مجرم کی سی کانپتی آواز میں کہا: ''میں سمجھا تھا، ان برسوں میں رام کا نام لے کے یہ دھندلا گیا ہوگا۔'' میں نے ٹھنڈی کی آنکھوں میں جھانک کر دیکھا، وہاں اب بھی نمی تیر رہی تھی اور اس نمی کے پیچھے بہت دور تک اداسیاں بچھی ہوئی تھیں۔ میں نے نشان پر انگلی پھیرتے ہوئے کہا:

''ٹھنڈی تیرا دیا ہوا یہ نشان اب میری پہچان بن گیا ہے، میرے پاسپورٹ اور تمام سرکاری کاغذات میں اس کی وہی اہمیت اور حیثیت ہے جو میرے نام اور ولدیت کی ہے۔ اس کے بغیر نہ میں، میں ہوں نہ میری تصویر میری۔ سرکاری کاغذات سے قطع نظر اب تو خود میں بھی اس کے بغیر اپنے ہونے کا تصور نہیں کرسکتا۔ شاید میرے ہونے میں کہیں کچھ کمی رہ گئی تھی جسے اس نشان نے پورا کردیا ہے۔''

ٹھنڈی نے بجھی بجھی سی آواز میں بہت دھیرے سے کہا:

''اپنے نشان کو تو سنبھال کے رکھتے ہو بھیا پر کبھی ہمارے نشان کی بھی فکر کی ہوتی، رام کا نام لے کے۔''

میں ٹھنڈی سے کیا کہتا۔ اسے کیسے سمجھاتا کہ جب زمینداروں اور جاگیرداروں کی اولاد کو گاؤں کی زمین بے دخل کردیتی ہے تو ان پر کیا گذرتی ہے، انھیں کیا کیا سہنا پڑتا ہے اور وہ ان باتوں اور ایسے طعنوں کو سہنے کے لیے کہاں سے جگر لاتے ہیں!

ٹھنڈی مجھے اپنے ساتھ گھر لے گیا۔ بڑا شاندار فلیٹ تھا اس کا۔ وہاں پہنچ کر معلوم ہوا کہ اس کی بیوی پرلوک سدھار چکی ہے۔ لڑکے نے شادی کرلی۔ بہو سگھڑ اور خوش اخلاق ہے لیکن ساس سے اس کی نبھ نہ سکی۔ ٹھنڈی نے بیوی کو سمجھانے کی بہت کوشش کی، یہاں تک کہہ دیا کہ یہ غریب صرف مسلمان گھر میں پیدا ہونے کی گنہگار ہے ورنہ تو اسے رام کا نام لے کے نہ کلمے یاد ہیں نہ قرآن کی آیتیں۔

اس کی بیوی گنوار تھی لیکن اس نے دنیا دیکھی تھی۔ وہ بس ایک ہی بات کہتی رہی کہ اس لڑکی کے پہننے اوڑھنے اور اٹھنے بیٹھنے سے ظاہر نہیں ہوتا کہ یہ کس مذہب اور کیسے گھر کی ہے۔ ٹھنڈی نے لاکھ اس سے کہا کہ آج کل کا ڈھنگ ہی یہ ہے۔ ان باتوں کو اب برا نہیں سمجھا جاتا لیکن اس کی بیوی ٹس سے مس نہ ہوئی۔ دوسرے چاہے ان باتوں کو برا نہ سمجھتے ہوں، اس کے نزدیک یہی باتیں ادھرمی ہونی کے لکشن تھے...... ورنہ اتنی بات تو وہ بھی سمجھتی تھی کہ مسلمان ہونا کوئی پاپ نہیں۔ من مار کر لڑکے کی پسند کو وہ بھی پسند کرلیتی پر مشکل یہ تھی کہ لڑکی ڈھنگ کی مسلمان بھی نہیں تھی اور بڑھاپے میں ادھرمیوں کی سنگت کے خیال ہی سے اس کی روح کانپنے لگتی۔

ٹھنڈی نے چائے کے لیے بہو کو آواز دی اور مجھ سے کہا:

''مسلمان تو خیر بڑی چیز ہوتا ہے۔ رام کا نام لے کے ہم نے مسلمان دیکھے ہیں۔ اب تو ڈھنگ کا آدمی پیدا نہیں ہوتا!''

ٹھنڈی کی بہو نے آکر مجھے ہلو کہا اور ذرا توقف کے بعد انکل کا اضافہ بھی کر دیا۔ پھر اس نے خبر دی کہ ڈرائیور ہوٹل گیا ہے۔ ذرا سی دیر میں میرا سامان لے کر آجائے گا۔ اس نے مجھ سے میرے خوردونوش کے معمولات دریافت کئے۔ یہ بھی پوچھا کہ گڈ فار بڈ ذیابیطس یا دل کے مرض جیسے کسی عارضے کی وجہ سے پرہیزی کھانا تو نہیں کھاتا۔ میں نے جب اس کی طرف دیکھا تو بس دیکھتا ہی رہ گیا۔ اس کے لب ولہجہ اور ناک نقشے نے مجھے میری بیٹی کی یاد دلا دی تھی۔ اب یہ کہنا تو مشکل ہے کہ میری بیٹی اور ٹھنڈی کی بہو میں واقعی بڑی مشابہت تھی یا میرے اندر کے کسی جذبے نے اپنے طور پر دونوں کو ایک روپ میں ڈھال لیا تھا۔ لیکن یہ سچ ہے کہ ڈھونڈنے سے بھی مجھے دونوں کے چہرے مہرے اور رنگ ڈھنگ میں کوئی خاص فرق نظر نہیں آرہا تھا سوائے اس کے کہ میری بیٹی نے جس بوائے فرینڈ سے شادی کی ہے وہ اتفاق سے مسلمان ہے!

میں نے ٹھنڈی کی بہو سے کہا کہ وہ میرے لیے کوئی خاص زحمت نہ اٹھائے بس اس بات کا خیال رکھے کہ میں ذیابیطس کا مریض ہوں۔ اس پر اس نے اطمینان کا سانس لیا اور یہ کہتی ہوئی کچن کی طرف چلی گئی کہ ہمارے یہاں ویسے بھی شکر استعمال نہیں کی جاتی۔ میں نے سوالیہ نظروں سے ٹھنڈی کی طرف دیکھا۔ اس نے اس تعلق سے کچھ کہنا ضروری نہیں سمجھا اور مجھے یہ مناسب نہیں معلوم ہوا کہ میں اسے اس تعلق سے کچھ کہنے پر مجبور کروں۔ دراصل اپنی بیوی کو یاد کر کے ٹھنڈی بہت جذباتی ہو گیا تھا۔

''آج جیسے تو اتفاق سے مجھے مل گیا ویسے ہی چار چھ مہینے پہلے مل جاتا تو کتنا اچھا ہوتا!''

''کیوں!''

''میں تجھے اروِن کی ماں سے ملواتا۔ وہ بیچاری کسی ڈھنگ کے مسلمان سے ملنے کی حسرت اپنے ساتھ لے گئی۔ میں تو یہ سمجھتا ہوں کہ اگر اس کی یہ حسرت پوری ہو جاتی تو رام کا نام لے کے وہ کچھ برس اور جی لیتی۔''

میں نے خوش طبعی کا مظاہرہ کرتے ہوئے کہا:

''مجھ سے مل کر کسی کی حسرت کیا پوری ہوتی۔ میں تو بڑا بے ڈھب آدمی ہوں۔ تو یہ بتا تجھے اتنے بڑے شہر میں ایک مسلمان نہیں ملا؟''

''مل جاتا تو بات ہی کیا تھی!''

''اور یہ جو تیرے پڑوس کے محلے میں مسجد ہے...... ؟''

''مسجد تو ہے، میں وہاں گیا بھی تھا۔ مسجد کے دروازے ہی پر'' بحکم اراکین مسجد ہٰذا'' رام کا نام لے کے ایک ''اہم اعلان'' ٹنگا ہوا دیکھا۔

''نمازی حضرات کو معلوم ہو کہ اس مسجد کے اراکین، امام، موٗذن اہل سنت والجماعت ہیں اور حنفی مسلک پر ہی نماز ادا کی جاتی ہے جو عین قرآن اور حدیث کے مطابق ہے۔ لہٰذا ان حضرات سے ادب کے ساتھ عرض ہے جو لوگ آمین بلند آواز سے کہتے ہیں اور تکبیر سے پہلے یا شروع ہوتے ہی کھڑے ہو جاتے ہیں، وہ مسلک حنفی کی خلاف ورزی کر کے فتنہ پیدا نہ کریں ورنہ اس کی ذمہ داری انہی کے سر ہوگی۔''

ٹھنڈی نے مجھے بتایا کہ یہ اعلان پڑھنے کے بعد اندر جانے یا باہر ہی کسی سے بات کرنے کی ہمت وہ نہیں جٹا پایا۔ جہاں مسلک کے فرق سے فتنے اٹھ کھڑے ہو سکتے ہیں وہاں مذہب کا فرق جو نہ کرے وہ کم ہے! اور پھر ٹھنڈی ڈرا ہوا بھی تھا۔ دسمبر اور اس کے بعد جنوری کے فساد کی ہولناکیاں اس کے حواس پر چھائی ہوئی تھیں ...... پولس کی مدد بلکہ اس کی سرپرستی میں مسلمانوں کا قتلِ عام ہوا تھا اور فساد کے بعد ٹھنڈی جیسے بے قصور اور معصوم ہندو مسلمانوں کے محلوں سے گذرنے سے کتراتے تھے۔ بہ حالتِ مجبوری اگر ان کا وہاں سے گذر ہوتا تو ندامت کے بوجھ سے ان کی گردنیں جھکی ہوئی ہوتی تھیں اور دل میں یہ دھڑکہ بھی لگا رہتا تھا کہ کہیں کوئی شہدا گلی میں کھینچ کر کام ہی تمام نہ کردے۔

ٹھنڈی وہاں سے الٹے پیروں لوٹ آیا۔ اس علاقے میں ذرا فاصلے پر ایک مسجد اور ہے۔ ناکے سے بائیں مڑ کر بیس قدم چلیں تو مارکیٹ کے سامنے کی گلی میں پڑتی ہے۔ عصر اور مغرب کے بیچ کا وقت تھا۔ عصر کے نمازی جا چکے تھے۔ مغرب کے نمازی ابھی آئے نہیں تھے۔ ٹھنڈی نے باہر ہی سے بغور جائزہ لیا۔ اراکین مسجد کے حق میں دل سے دعا نکلی کہ انھوں نے دروازے پر کوئی بورڈ نہیں ٹانگ رکھا تھا۔ ٹھنڈی نے سر پر رومال باندھا اور رام کا نام لے کر مسجد میں قدم رکھا۔

اندر دائیں جانب کونے میں ایک باریش شخص چند نوجوانوں کو دین کے ارکان یاد کروارہا تھا۔ لڑکوں سے فارغ ہوکر وہ ٹھنڈی کی طرف متوجہ ہوا۔ ٹھنڈی کے سلام کا جواب دے کر اس نے مصافحے کے لیے اپنا ہاتھ بڑھایا۔ اس کے ہاتھ کو اپنے ہاتھوں میں لیتے ہوئے ٹھنڈی نے اپنا تعارف پیش کیا۔ نام سن کر باریش شخص اس کے ساتھ بڑی گرم جوشی سے پیش آیا۔ وہیں مسجد کے دائیں کونے میں پنکھے کے نیچے بیٹھ کر دونوں باتیں کرنے لگے۔ انھوں نے بابری مسجد کی شہادت پر ایک دوسرے کو پرسہ دیا۔ سماج میں پھیل رہی لامذہبیت پر تنقید کی۔ جب یہ سب ہو چکا تو ٹھنڈی نے بڑی امید کے ساتھ اپنے آنے کا مقصد بیان کیا۔

ٹھنڈی نے اس سے کہا کہ بھائی ہم نہ مسلمان ہیں، نہ حسینی برہمن؛ لیکن ہم لوگ حضرت امام حسین کے پشتینی عقیدت مند ہیں۔ آج عاشورے کا دن ہے۔ میرے گھر میں میٹھا پکا ہے۔ میں کسی دیندار مسلمان کی تلاش میں ہوں کہ اس سے فاتحہ پڑھواؤں۔ اگر آپ میری مدد کریں تو بڑی مہربانی ہوگی۔

اس شخص نے ٹھنڈی کی مدد نہیں کی۔ فاتحہ کا نام سن کر اس کی گرم جوشی کی جگہ سرد مہری نے لے لی۔ ٹھنڈی تاڑ گیا کہ یہ مسجد ان مسلمانوں کی ہے جن کی وجہ سے اب گاؤں میں تعزیے نہیں رکھے جاتے اور نہ ہی محرم کا جلوس نکلتا ہے۔ نشان کی مسجد اب صرف نام ہی کی نشان کی مسجد رہ گئی ہے۔ مسجد کے جس کمرے میں ضریح اور علم رکھے جاتے تھے پچھلے دس برسوں سے اس کے دروازے پر ایک بڑا سا تالا جھول رہا ہے۔ ٹھنڈی کے اس انکشاف نے میرا کلیجہ چھلنی کر دیا کہ چاچا بلائیتی رام پر دل کا دورہ اور اس دروازے پر تالا دونوں ایک ساتھ پڑے تھے!

ٹھنڈی کے والد بلائیتی رام ولد سالگرام کی گاؤں میں نون مرچ کی دکان تھی۔ دکانداری کے ساتھ تھوڑی بہت ساہوکاری بھی کرلیا کرتے تھے۔ کاروباری حس بہت تیز تھی اور خوش مزاج بھی بہت تھے۔ بدیسی مال کے بائیکاٹ کے دنوں میں وہ اپنے نام کی وجہ سے اچھا خاصا مذاق بن کر رہ گئے تھے۔ یار دوست تو یار دوست، گاؤں کے بچوں تک نے انھیں نہیں بخشا تھا۔ پہلے کوئی انھیں چاچا جی بلاتا تو کوئی چاچا بلائیتی رام۔ لیکن اب وہ ہر ایک کے لیے بلائیتی چاچا ہو گئے تھے۔ جب کوئی لونڈا انھیں بلائیتی چاچا بلاتا تو وہ چمک کر جواب دیتے بول دیسی بھتیجے!

اس خیال سے کہ کہیں اس نسبی مذاق کا اثر ان کی دکانداری پر نہ پڑے چاچا بلائیتی رام نے اپنی دکان پر جس پر پہلے کبھی کسی نے کوئی سائن بورڈ نہیں دیکھا تھا، ایک تختہ ٹانگ دیا۔ اس تختے پر جلی حرفوں میں لکھا تھ ''خالص اور صرف دیسی مال کی دکان۔ مالک فرزند سالگرام مرحوم''

اب تو فرزند سالگرام مرحوم خود مرحوم ہو چکے ہیں۔ ہوا یہ کہ سریو کے کنارے مسجد کی شہادت کے بعد ملک بھر میں مسلمانوں کو قتل کرنے اور ان کی املاک لوٹنے یا جلانے کا ایک سلسلہ سا چل پڑا۔ بعض جگہوں پر ان کی عبادت گاہوں کو مسمار کرنے کی کوششیں بھی ہوئیں۔ ایسی کچھ کوششیں کامیابی سے ہمکنار ہوئیں اور کچھ کامیابی سے ہمکنار نہ ہونے پائیں۔ نشان کی مسجد کے مینار ایک ایسی ہی ناکام کوشش کے گواہ ہیں۔

ہجوم نے چاچا بلائیتی رام سے بہت کہا کہ وہ ایک بے گناہ ہندو کی ہتیا کا پاپ اپنے سر لینا نہیں چاہتا لہٰذا وہ اس کے راستے سے ہٹ جائیں لیکن چاچا بلائیتی رام بس یہی کہتے رہے کہ میرے جیتے جی آپ لوگ نشان کی مسجد تک نہیں پہنچ سکتے۔ اس تکرار میں خاصہ وقت نکل گیا۔ آخر کار مجبور ہو کر ان لوگوں نے چاچا بلائیتی رام کو روندتے ہوئے اپنی راہ بنائی۔

اس دوران مسلمانوں کو اتنا وقت ضرور مل گیا کہ وہ مسجد کے دفاع کے لیے صف آرا ہوسکیں۔ ان کے مقابلے پر اتر آنے کی دیر تھی کہ ہجوم تتر بتر ہو گیا۔ اب ہجوم کی جگہ پولس نے لے لی۔ تربیت یافتہ پولس کے جوانوں نے لاٹھی اور بلّم بردار مسلمانوں پر وہ اندھادھند گولیاں برسائیں کہ کشتوں کے پشتے لگ گئے۔ نمازیوں کا حوض خون سے بھر گیا اور شام کی شفق مسجد کے درو دیوار سے لپٹ کر رونے لگی!

بچے کچھے مسلمانوں کو پولس نے بلوہ کرنے اور بلائیتی رام ولد سالگرام کے قتل کے الزام میں گرفتار کرلیا اور فائل قانونی کارروائی کے لیے آگے بڑھادی۔ وہ تو کہئے کہ چاچا بلائیتی رام نے دس برس قبل ہی جب ان پر دل کا دورہ پڑا تھا بمبئی سے ٹھنڈی کو بلوا کر وصیت کردی تھی ورنہ ان کی زندگی کے ساتھ ہی سب کچھ ختم ہو گیا ہوتا۔ ٹھنڈی کو ان کا ایک ایک لفظ آج بھی یاد ہے۔ انہوں نے کہا تھا:

''بیٹا! ہم امام حسین کے غم کے امین ہیں۔ یہ ہمارے پرکھوں کی وراثت ہے۔ حضرت امام حسین کی عظمت پر مٹھی بھر لوگوں کا اجارہ نہیں ہوسکتا۔ اس غم کو سہارنے کے لیے پہاڑ جتنا

ہمیں سمجھنا چاہئے۔ ہر کسی کے بس کی یہ بات ہے بھی نہیں۔ ایسے لوگوں کی حرکت کا کیا برا ماننا جو اس غم کی عظمت کو نہ سمجھ سکیں۔ میں آخری سانس تک اپنے دھرم کا پالن کروں گا۔ میرے بعد مجھے یقین ہے تم اپنا پتر دھرم نبھاؤ گے لیکن ایک بات کی تاکید ضرور کرنا چاہوں گا۔ فاتحہ کے لیے کسی دیندار مسلمان ہی کو بلوانا۔ ذرا سا وقفہ دے کر انھوں نے کہا تھا، پریشان کیوں ہوتا ہے ڈھونڈنے سے خدا بھی مل جاتا ہے۔''

اس سال بمبئی میں عاشورہ جون کی آخری تاریخ یا جولائی کی پہلی کو پڑا تھا اور اس سے پہلے ۸ دسمبر کے روز ٹھنڈی گاؤں کے شمشان سے پھول چن کر لوٹا تھا۔ وہ یہ سوچ کر حیران رہ گیا کہ ان چھ مہینوں کے عرصے میں اتنا وقت گذر چکا تھا کہ دیندار مسلمان کی تلاش میں اسے خدا یاد آ گیا!

ٹھنڈی کی بیوی بڑی مذہبی عورت تھی۔ اس نے زندگی میں کبھی ٹھاکر جی کو بھوگ لگائے بغیر ایک دانہ منہ میں نہیں رکھا تھا۔ اسے اپنی سیوا اور شردھا پر بڑا وشواس تھا۔ وہ نیاز کا برتن لیے تمام رات بیٹھی یہی مناتی رہی کہ ایشور چاہے اس کے پران لے لیں پر ایسا کچھ کریں کہ ہم اپنے اجداد کی روحوں کے سامنے شرمسار اور گنہگار ہونے سے بچ جائیں۔ رات آنکھوں ہی میں کٹ گئی۔ برتن رکھا رہ گیا اور پڑوس کے محلے سے مؤذن نے اذان دی!

چاچا بلائیتی رام نے کہا تھا ڈھونڈنے سے خدا بھی مل جاتا ہے تو پھر ٹھنڈی کو دیندار مسلمان کیوں نہیں ملا؟ اب ٹھنڈی کس سے کہے کہ خدا کسی بھی جگہ مل سکتا ہے کیونکہ وہ ہر جگہ ہے لیکن دیندار مسلمان کا ہر جگہ پایا جانا شرط نہیں، وہ تو وہیں ملے گا جہاں ہوگا۔ پتا نہیں اتنی بڑی دنیا میں وہ کہاں ہے؟

ٹھنڈی کے نزدیک بمبئی کچھ ایسا برا شہر نہیں ہے لیکن وہاں کے مسلمان کو آسمان پر ڈھونڈنے سے چاند نہیں ملتا اور مہینے کے تاریخیں رام کا نام لے کے بڑھتی جاتی ہیں۔ اس کا کہنا ہے کہ ایسے شہر سے کوئی کیا امید رکھے جو گذشتہ ڈھائی برسوں سے ایک شرعی گواہ فراہم نہ کر سکا۔ کیا شہر میں ایک بھی ایسا شرع کا پابند مسلمان نہیں رہا جس کی بینائی سلامت ہو اور اگر ہے تو کیا وجہ ہے کہ بمبئی کے مسلمانوں کے نزدیک اس کی شہادت قابلِ قبول نہیں!

یہ نہیں کہ ٹھنڈی کے دوستوں میں کوئی مسلمان نہیں ہے۔ بہت ہیں۔ سب کے سب بڑی خوبیوں کے مالک ہیں اور تقریباً ہر ایک کے بارے میں وہ یقینِ کامل کے ساتھ کہہ سکتا

ہے کہ انھوں نے کبھی زندگی میں عیدین کی نماز ناغہ نہیں کی لیکن مسلمان اور دیندار مسلمان میں بڑا فرق ہوتا ہے۔ وہی فرق جو زمین اور آسمان میں ہے...... یا پھر...... وہ فرق جو بصارت اور بصیرت میں ہے!

قصہ مختصر یہ کہ اس عاشورے کے دن بمبئی میں وہ سب کچھ ہوا جو ہر سال ہوتا آیا ہے لیکن ٹھنڈی کے یہاں فاتحہ نہ ہوسکی۔ ٹھنڈی کی بیوی اس صدمے کو جھیل نہیں پائی اور دو چار مہینوں میں وہ غریب پرلوک سدھار گئی۔ ٹھنڈی بھی بجھ سا گیا۔ اس دن کے بعد ٹھنڈی کے گھر میں میٹھا نہیں پکا۔ میں نے ٹھنڈی کو یہ کہتے ہوئے سنا کہ یہاں کی شکر میں اب مٹھاس باقی نہیں رہی۔ مجھے یاد ہے، ٹھنڈی نے کہا تھا:

''اب ہماری زندگی میں نہ رس ہے نہ جس، بس جیے جا رہے ہیں۔ جی بھی کیا رہے ہیں بیٹھے تھوک نگل رہے ہیں۔ جب شکر ہی سے مٹھاس نکل جائے تو زندگی میں کیا رہ جاتا ہے۔ تو میرا ایک کام کر وہاں مملکتِ خداداد میں اگر شکر جیسی شکر ملتی ہو تو ذرا سی میرے لیے بھیج دینا۔ مرنے کے بعد مجھے اپنے پُرکھوں کی روحوں کا سامنا کرنا ہے!''

ٹھنڈی اپنے پُرکھوں کی روحوں کا جب سامنا کرے گا تب کرے گا، میں اس زندگی میں دوبارہ ٹھنڈی کا سامنا کرنے کا حوصلہ اپنے اندر نہیں پاتا۔ میں پاکستان کا شہری اور کراچی کا باشندہ ضرور ہوں لیکن جیسا کہ آپ جانتے ہیں ذیابیطس کا پرانا مریض بھی ہوں۔ مجھے شکر کا ذائقہ تک یاد نہیں رہا اور دوسرے جس چیز کو شکر قرار دیتے ہیں اسے شکر کے طور پر قبول کرنے میں مجھے تامّل ہے۔ یہ شہر جو روزانہ ٹنوں کے حساب سے شکر کھا جاتا ہے اگر واقعی شکر کھاتا رہا ہے تو یوں دن رات زہر نہ اگلتا۔

کچھ دن ہوئے ناشتے کی میز پر سب جمع تھے۔ مسجد میں نمازیوں کو گولیوں سے بھون ڈالنے کے واقعے پر بحث ہو رہی تھی۔ میری بیوی، بیٹے، بہو حتیٰ کہ پوتے اور پوتی کے پاس بھی اس واقعے پر کہنے کے لیے بہت کچھ تھا۔ رات میں نے دو ایک پیگ زیادہ پی لیے تھے۔ کسلمندی سی چھائی ہوئی تھی اس لیے بڑی دیر تک خاموش بیٹھا سب کی سنتا رہا، یہاں تک کہ خود مجھے اپنا سکوت اکھرنے لگا۔ ابھی میں بحث میں حصہ لینے کا ارادہ کر ہی رہا تھا کہ پتا نہیں کیسے میرے منہ سے نکل گیا: ''آپ لوگ نمازیوں کی شہادت کو رو

رہے ہیں اب تو بمبئی میں جو ہو سو کم ہے۔'' گھر والوں نے مجھے تقریباً پچکارتے ہوئے سمجھایا کہ یہ واقعہ کراچی کا ہے بمبئی کا نہیں اور پھر میں نے اپنے آپ کو یہ کہتے ہوئے سنا:

''کیا فرق پڑتا ہے بمبئی میں نہ ہوا کراچی میں ہو گیا۔ یہاں کے بھی تو کئی واقعے یہاں نہ ہو کر وہاں ہو چکے ہیں۔''

میری اس قسم کی بہکی بہکی باتوں کے گھر والے عادی ہو چکے ہیں بالکل اسی طرح جس طرح بمبئی والے بمبئی کے اور کراچی والے کراچی کے عادی ہو گئے ہیں!

☆☆☆

انکیوبیٹر

(اپنی بیٹی صحیفہ کے لیے ...... جو دو برس کے سفر میں
اتنا کچھ دے گئی جو پوری زندگی پر بھاری ہے)

— مشرف عالم ذوقی

نرسری

سیمون دبووار (Simone De Beauvoir) نے کہا تھا۔

''عورت پیدا نہیں ہوتی، بنائی جاتی ہے۔''

لیکن، نیل پیدا کہاں ہوئی تھی۔ نیل تو بن رہی تھی۔ نیل تو ہر بار بننے کے عمل میں تھی۔ شاید اسی لئے، پیدا ہوتے ہی وہ ایک اسپتال سے دوسرے اسپتال بھیج دی گئی تھی۔ اُسے میں نے نہیں دیکھا تھا۔ ماں نے نہیں دیکھا تھا بلکہ کہنا چاہئے ڈاکٹروں کو چھوڑ کر، جو آپریشن کے وقت یقیناً پاس پاس لیبر روم میں موجود ہوں گے، یا جیسے ڈاکٹروں نے بھی ہنستے ہوئے کہا ہوگا ...... ''وشواس کیجئے — ہم نے بھی نہیں دیکھا۔ لیکن وہ ہے اور سانس چل رہی ہے۔''

اور ...... ڈاکٹروں کے مطابق نیل پیدا ہو چکی تھی اور سانس بھی چل رہی تھی ...... اور اب صرف اس کے بچائے جانے یعنی زندہ رکھنے کی کارروائی باقی تھی۔ جس اسپتال میں نیل پیدا ہوئی، وہاں نرسری کا کوئی اچھا انتظام نہیں تھا اس لیے ڈاکٹروں نے ایک چھوٹی سی ایمرجنسی میٹنگ کے بعد نیل کو ایک دوسرے اسپتال میں شفٹ کر دیا تھا۔

نیل اسپتال سے گھر نہیں آئی۔ نیل ایک اسپتال سے دوسرے اسپتال چلی گئی ...... جس ایمبولنس میں اسے دوسرے اسپتال شفٹ کیا گیا، اس میں نیل کے ساتھ رشتے کے ایک بھائی کو بٹھایا گیا۔ واپسی میں اس بھائی سے پوچھا گیا......

تم نے اسے دیکھا؟

......نہیں

کیوں؟ تم تو امبولنس میں اس کے پاس بیٹھے ہو گے نا؟

...... ہاں بیٹھا تو پاس ہی تھا، مگر!

......مگر کیا؟

وہ نہیں تھی۔ میرا مطلب ہے......

بھائی سر کھجا رہا تھا۔ آنکھیں چرانے کی کوشش کر رہا تھا۔

☆☆☆

مدر نرسری میں سب کو جانے کی اجازت نہیں تھی۔ اسپتال کی پانچویں منزل پر یہ نرسری آباد تھی۔ نومولود، ابھی ابھی پیدا ہوئے بچے کی آرام گاہ...... یہ پورا ہال ہی ایئر کنڈیشنڈ تھا...... اندر شیشے کی بنی ہوئی ایک چھوٹی سی دنیا...... شیشے کے اس عجیب وغریب ڈزنی لینڈ میں چھوٹے چھوٹے لاتعداد انکیوبیٹر پڑے تھے...... چھوٹے چھوٹے شیشے کے گھروندے...... ان گھروندوں میں ایسے نومولود بچوں کے لیے ایک نقلی دنیا آباد تھی یعنی جیسی دنیا وہ آنکھیں جھپکاتے ماں کی کوکھ میں دیکھتے یا محسوس کرتے ہوں گے۔ شیشہ کی اس چھوٹی سی دنیا کے اندر کا ٹمپریچر بھی وہی تھا جو وہ ماں کی کوکھ میں محسوس کرتا تھا...... انکیوبیٹر میں آکسیجن کی ٹیوب بھی لگی تھی۔ مگر دور سے، شیشے کے بڑے دروازے سے جھانکنے پر، یہ ڈھیر سارے چھوٹے چھوٹے گھروندے ہی لگتے تھے......

'نیل کہاں ہے؟'

مدر نرسری دکھانے والا ڈاکٹر جوش میں ہاتھ کے اشارے سے کچھ دکھانے کی کوشش کر رہا تھا......

'وہ...... وہ رہی نا......'

......وہ...... موٹا سا بچہ......

'نہیں اس کے پاس والا......'

......اچھا، وہ جو بے بی الٹی پڑی ہے......

'نہیں، اس کے دائیں طرف دیکھئے'۔

..... وہ۔ مگر وہ انکیوبیٹر تو......

'خالی ہے'...... ڈاکٹر مسکرا رہا تھا۔'وہ بن رہی ہے۔ وہ ہے اور آپ کو فکر کرنے کی کوئی ضرورت نہیں ہے۔'

☆☆☆

واپس اسپتال آکر میں نے اس کی ماں کو یہ مژدہ سنادیا۔ ماں کو اب ہوش آچکا تھا۔ بیٹی ہونے کی اطلاع ڈاکٹر اسے دے چکے تھے۔ یہ بھی بتایا جا چکا تھا کہ وہ مدر نرسری بھیج دی گئی ہے۔ مجھے دیکھ کر ماں کی آنکھوں میں تجسس کے دیئے ٹمٹما اُٹھے۔

..... تم نے دیکھا۔

ہاں

..... کیسی ہے وہ......؟

وہ...... ہے...... یعنی کہ......

کس پر گئی ہے......

..... گئی نہیں ہے، بن رہی ہے۔ گھبراؤ نہیں، جب تک تمہیں مکمل طور پر گھر جانے کی اجازت ملے گی، وہ بن چکی ہوگی......

''مطلب؟''

..... فکر مت کرو۔ وہ بن رہی ہے اور دیکھتے دیکھتے، ہاں تمہیں پتہ بھی نہیں چلے گا، وہ تمہارے سامنے آکر کھڑی ہو جائے گی۔ وہ خوب زور سے چیخے گی اور تم چہرے کو انتہائی سنجیدہ بنا کر کہو گی...... نیل۔ بی ہیو یور سیلف۔

لیکن، ماں شاید اب کچھ بھی سن نہیں رہی تھی۔

ماں ایک لمبی خاموشی میں ڈوب گئی تھی۔

ترپتی مینن کے دو رنگ (ادب اور آرٹ)

ترپتی مینن...... ایک ایسی خاتون جن کے بارے میں، میں بار بار الگ الگ نظریے گڑھتا تھا اور نظریے کچی مٹی کے گھڑے کی طرح ٹوٹ جاتے تھے...... نہیں، مجھے اچھی طرح

یاد نہیں کہ ہماری پہلی ملاقات کہاں ہوئی تھی یا ترپتی مینن میں یاد رکھی جانے والی کون سی ادا یا بات تھی کہ میں نے پہلے پہل اپنی نوٹ بک میں۔ پھر آہستہ آہستہ اس کی 'اول جلول' اداؤں کو دل کی گرہ میں باندھ لیا......

'چلو خالی وقت کا ایک سامان تو ہوا '

پہلی بار میں ہم بہت کم بولے تھے مجھے یاد ہے، اس وقت بھی ہمارے مکالمہ کا عنوان عورت تھی۔ وہ ایک ہندی میگزین میں اپنی کہانی چھپوانے آئی تھی۔ میگزین کے ایڈیٹر میرے بزرگ دوست تھے...... آنکھوں پر کالا چشمہ۔ بڑھی ہوئی داڑھی ..... نام تھا، رادھیکا رمن۔ رادھیکا جی درویش صفت مُنش ہیں۔ مگر کچھ ایسی عورتیں بھی ہوتی ہیں بقول رادھیکا جی، کہ 'چٹکی' لینے کی خواہش زور پکڑنے لگتی ہے۔ ..... چائے آگئی تھی۔ ترپتی مینن آہستہ آہستہ چائے کی سپ لے رہی تھی۔ دھیان کہیں اور تھا۔ آنچل ذرا سا ہٹ گیا تھا۔ سانولی بانہیں ...... نیم عریاں، آدھی سوئی ہوئی بہار کے قصے سنا رہی تھی۔ چہرے پر ایک تیکھی مگر بچوں جیسی مسکراہٹ تھی۔ ترپتی بار بار رادھیکا جی کے مذاق کی عادت پر پسری جارہی تھی۔

عورت میں ہر بار ایک نئی عورت آجاتی ہے۔ یہ رادھیکا جی تھے۔

عورت میں ہر بار ایک عورت گم ہو جاتی ہے...... یہ میں تھا۔

عورت ...... آپ لوگ اسے عورت کیوں نہیں رہنے دیتے ...... یہ ترپتی تھی۔

☆☆☆

میں نے پہلی بار اداؤں میں ڈوبے اُس کے جسم کا جائزہ لیا۔ اس جسم میں کتنی بہاریں قید ہوں گی۔ چالیس...... چالیس بہاریں۔ مگر ترپتی جانتی تھی، خزاں سے پہلے اس بہار کی کیسے حفاظت کرتی ہے۔ مگر ہر بار نوخیز اداؤں کی گرفت میں اس کا پورا وجود ایک 'جوکر' میں تبدیل ہوا جارہا تھا۔

''تم اپنی عمر کو نہیں بھولی ہو......'' رادھیکا جی نے پھر چٹکی لی۔

''عمر کو......''

میں آہستہ آہستہ مسکرا رہا تھا......

''میں سمجھی نہیں ......'' ترپتی کے سانولے چہرے پر بجلی دوڑ گئی تھی۔

''سب سمجھتی ہو تم۔ گھر سے چلتے ہوئے عمر کو کسی لاک اَپ میں بند کر کے آتی ہو......
پھر واپس آ کر جب عمر کو لاک اَپ سے نکالنے کی کوشش کرتی ہو تو......'' رادھیکا رمن مسکرائے

'' یہ صرف تمہارا مسئلہ نہیں ہے ترپتی۔ تمہاری جیسی تمام عورتوں کا مسئلہ ہے۔''

''نہیں۔ سر، میرا کوئی مسئلہ نہیں ہے۔''

''اور مینن؟''

''ہم نے لو میرج کی ہے......''

''لو (Love) تم نے کیا تھا یا مینن نے کیا تھا......'' رادھیکا رمن زور سے قہقہہ لگاتے ہوئے بولے......

نیم عریاں شانے پر اس نے آنچل پھر سے برابر کر دیا تھا......''اب...... اب میں چلوں گی سر۔ کہانی دیکھ لیجئے گا۔''

چہرے پر ناراضگی تھی۔

''ارے بیٹھو......''

''نہیں سر۔ آج آپ کچھ زیادہ ہی مذاق کر رہے ہیں۔''

اس نے کرسی خالی کر دی۔ گولڈن کلر کا بیگ شانہ سے لٹکایا اور پھر دیکھتے ہی دیکھتے دروازے سے اوجھل ہو گئی......

ترپتی ناراض ہو گئیں...... میرے لیے یہ پہلا اتفاق تھا۔

رادھیکا رمن ہنس رہے تھے......''پاگل مت بنو۔ ترپتی کو تم نہیں سمجھو گے...... ہو ہو......
وہ یہی کرتی ہے۔ عادت ہے اس کی...... ہو ہو...... دراصل وہ چاہتی بھی یہی ہے۔''

''کیا۔''

''جو میں نے کیا......'' وہ مسکرا رہے تھے۔

''مطلب؟''

''ارے۔ اس میں حیرانی کی بات کیا ہے۔ اپنشدوں میں کہا گیا ہے۔ ناری کو نہ سمجھو تو بہتر ہے...... ناری سمجھنے کی دستو نہیں ہے۔ رہسیہ ہے، گھور رہسیہ...... ترپتی اسی رہسیہ کا حصہ ہے...... ایسا نہیں کرو تو وہ ناراض ہو جاتی ہے۔ ناراضگی پر کیوں جاتے ہو۔ اس میں پراکرتک سوندریہ کیوں نہیں، دیکھتے۔ ...... اس آیو میں بھی...... تم نے دیکھا...... سانولے جسم میں

سارے سمندر کی 'سنہلی' مچھلیاں ایک ساتھ کہاں جمع ہوتی ہیں ان ساری 'سنہلی' مچھلیوں کو جوڑ کر ترپتی ایک بہت لمبی، سنہلی، مچھلی بن گئی ہے۔''

وہ ہنس رہے تھے......''اس مچھلی کے پیچھے دوڑو گے بولو ؟''

☆☆☆

لیکن مجھے زیادہ دور تک دوڑنے کی ضرورت نہیں پڑی

یہ ترپتی سے میری دوسری ملاقات تھی۔

وہ کارلٹن آرٹ گیلری میں کھڑی تھی...... ایک لمحے کو میں نے اس سے چھپنے کی کوشش کی — وہ کسی کو اپنے بارے میں بتا رہی تھی۔

''انسٹی ٹیوٹ آف آرٹ اینڈ کرافٹس سے کمرشیل ڈیزائن کا کورس کیا ہے۔ آرٹ میرا شوق نہیں ہے۔ زندگی ہے، سانسیں ہیں، آئل ان کینوس کے علاوہ آئل آن پلائی وڈ، واٹر کلر پیسٹل، پین اینڈ انک، پلاسٹر آف پیرس، سیمنٹ آن گلاس وغیرہ میڈیمز میں کام کر چکی ہوں۔''

درمیان میں اس کی کھنکدار ہنسی گونجی —

''پچھلی بار فیسٹیول آف ویمن سیریز میں، میں نے بھی اپنی کچھ تصویروں کی نمائش لگائی تھی۔''

میں ایک دم سے چونک گیا تھا......

موٹے بھدّے جسم والی خاتون نے حیرت سے دریافت کیا...... ''آپ...... یعنی آپ بھی۔''

''کیوں'' ترپتی مسکرائی ہے...... ''آئل ان کینوس۔ کبھی کبھی کینوس پر صرف آئل بچتا ہے اور عورت آئل کی طرف پوچھ ڈالی جاتی ہے...... نہیں؟ ایک کورا کینوس...... میں نے عورت کے 'رحم' کو دکھانے کی کوشش کی تھی۔''

''رحم......؟''

''رحم مادر یعنی 'Womb'...... جہاں نو مہینہ تک بچے کے روپ میں ایک مرد سڑتا ہے۔ پتہ ہے۔ میرے شوہر تک جب اس نمائش کی بات پہنچی تو وہ پانچ مہینے تک مجھ سے غصہ رہے تھے۔ بات چیت کمپلیلی بند۔ میں نے بھی کوشش نہیں کی...... عورت کا ننگا بدن۔ آپ دکھانا ہی

چاہتے ہیں تو وہ جگہ کیوں نہیں دکھاتے جہاں سے سرشٹی ، یعنی ایک عورت Creator بنتی ہے۔ رچیتا، مرد کو جننے والی، خالق، اب یہاں دیکھئے نا......

وہ آرٹ کے عریاں فن پاروں کو دکھا رہی تھی۔

''دکھانا ہے تو عورت کو پورا پورا ننگا کرنے سے کیا حاصل۔ بس وہ جگہ دکھادو جو مرد دیکھنا چاہتا ہے۔''

''مائی گاڈ۔ ترپتی۔ تم میں کتنا دکھ بھرا ہے۔ Leave it یار۔ پینٹنگس دیکھتے ہیں۔''

ترپتی اچانک مڑی تھی...... مڑی اور چونک گئی۔ میری طرف دیکھا۔ مسکرائی۔ ہاتھ نہیں بڑھایا۔

''آپ؟''

''مجھے نہیں ہونا چاہئے تھا......!''

''نہیں۔ ہونا کیوں نہیں چاہئے تھا۔'' وہ جھینپ رہی تھی...... ''کب آئے؟''

شاید وہ پوچھنا چاہ رہی تھی کہ آپ دیر سے تو نہیں ہیں۔ ہماری بات تو نہیں سن رہے تھے۔ میں نے جھوٹ بولنے ہی میں عافیت سمجھی......

''بس۔ ابھی آیا۔''

''اوہ۔'' ترپتی کو تسلی ملی تھی...... موٹے جسم والی عورت سے پیچھا چھڑاتے ہوئے اب وہ میرے ساتھ پینٹنگس پر اپنی تنقیدی نظر ڈال رہی تھی۔

''اچھی ہیں نا......''

''ہاں''

''دراصل۔'' وہ کہتے کہتے ٹھہری...... ''مجھے موڈس والی پینٹنگس کچھ زیادہ ہی پسند ہیں۔ اسکیچنگ ورک، فیگر ٹیوورک اور ریئلسٹک اپروچ مجھے پسند ہیں۔ ان تصویروں میں امپریشن ازم کے پہلو کو بھی نظر انداز نہیں کیا جاسکتا۔''

''کیوں......'' میں تعجب سے اس کی طرف دیکھ رہا تھا۔ پھر وہ ایک سانس میں اپنی معلومات کی توپ چھوڑتی چلی گئی۔ وہ کمپوزیشن اچھا ہے۔ فلاں غلط، وہاں کینواس کی سطح کم

گاڑھی ہونی چاہئے تھی، فلاں تصویر میں Base بناتے ہوئے ٹیکسچر دینے کی کوشش کی گئی ہے، ناہموار سطح پر پاورفل اسٹروکس کے ذریعہ رنگوں کا خوبصورت استعمال کیا جانا چاہئے تھا

''رنگ ......'' میں نے ایک لمبی آہ کھینچی تو وہ چونک گئی۔

''زندگی سے رنگ جھڑ جائیں تو ؟''

''آرٹ گیلری سے باہر بھی ملاقات کا ایک راستہ جاتا ہے۔''

وہ اداس ہوگئی تھی ...... ''Sorry''

''Sorry کیوں؟''

''تمہارا نمبر ہے؟''

''نمبر۔''

''میں فون کرلوں گی۔''

اس کے جسم میں تھرتھراہٹ تھی ...... پرانی ترپتی غائب تھی ...... میں ایک نئی ترپتی کو دیکھ رہا تھا جو ڈر رہی تھی ...... یا ڈرنے کی ایکٹنگ کر رہی تھی۔

رادھیکا جی کے لفظ کانوں میں گونج رہے تھے۔ 'ناری گھور رہسیہ ہے۔ ترپتی اس رہسیہ کا حصہ ہے......'

میں نے ترپتی کو نمبر لکھوا دیا......

آرٹ گیلری سے سڑک دو الگ الگ دشاؤں میں مڑ گئی تھی۔

آثار قدیمہ اور ترپتی کا تیسرا رنگ (میوزک)

صحافیوں کے لیے یہ دنیا ایک سیپ کی طرح ہے۔ یہ بات کس نے کہی تھی، یاد نہیں۔ لیکن میں فرصت کے اوقات میں اس بارے میں سوچتا ہوں تو اپنی ذات سیپ کی 'ڈگی' میں بند 'گھونگھے' سے زیادہ نہیں لگتی......بس بھاگتے رہو...... بھاگتے بھاگتے تھک جاؤ تو اپنی چھوٹی سی دنیا میں بند ہو جاؤ اور آپ جانئے ...... فری لانس جرنلسٹ کو کیسے کیسے محاذ پر لڑنا ہوتا ہے...... اس دن طبیعت ناساز تھی لیکن میگزین کی طرف سے 'بھارت سنگاپور اتسو' میں شامل ہو کر اس کی رپورٹ تیار کرنی تھی۔ بانسری کا مجھے کبھی شوق نہیں رہا۔ بچپن کے دنوں میں ہونٹوں سے لگایا ہو، اب یاد نہیں۔ لیکن ہری پرساد چورسیا میں میری دلچسپی ضرور تھی ...... اور یہی دلچسپی مجھے اس

اُنسو میں کھینچ کر لے گئی تھی ...... فلمی آڈیٹوریم کا مین ہال کھچا کھچ بھرا ہوا تھا۔ کسی نے مجھے ذرا سا دھکا دیا اور تیز تیز اندر کی طرف قدم بڑھائے۔ میں غصہ میں کچھ بولنا چاہتا تھا کہ ٹھہر گیا۔

''ترپتی۔''

☆☆☆

یہ ترپتی سے میری تیسری ملاقات تھی۔ شو شروع بھی ہوا اور ختم بھی ہو گیا۔ میں برابر اس پر نظر رکھے ہوا تھا۔ وہ ہال میں ہو کر بھی ہال میں نہیں تھی۔ کسی چور جیسی، اپنی سیٹ پر دُبکی ہوئی تھی ...... بلی کی طرح سہمی ہوئی۔ آہٹ سے ڈر ڈر جانے والی۔ شو ختم ہونے کے بعد میری نظروں نے اس کا تعاقب کیا۔ گیٹ کے پاس ہی میں نے اس کے ہاتھ پر اپنا ہاتھ رکھ دیا۔

''آہ ترپتی۔ یہاں بھی تم۔''

''ہاتھ چھوڑو ......'' اس کے لہجہ میں سختی تھی ......''میں نے تمہیں دیکھ لیا تھا۔ میں خود تم سے ملنے والی تھی۔''

میں نے ہاتھ ہٹا لیا...... ''شو کیسا لگا تمہیں؟''

وہ ابھی بھی کہیں اور تھی۔ بھیڑ سے الگ ہم باہری گیٹ سے دوسری طرف کھڑے ہو گئے۔ نکلنے والی گاڑیوں کا شور انسانی شور سے کہیں زیادہ تھا۔

''بہلانے آئی تھی خود کو۔ مگر بور ...... انڈین اوشن کے اس 'بینڈ' کو دیکھا تم نے ......'' اس کے لہجے میں کڑواہٹ تھی ...... ''فن مر گیا ہے۔ ہم دو سنسکرتیوں کو ملا دینا چاہتے ہیں۔ یہ سب کیا ہے؟ ایک جھوٹا تماشہ، تمہیں لکھنا چاہئے۔ بھارتیہ سُروں کا یہ کیسا میل ہے۔ جاز، ریگے، راک، پاپ اور بھارتیہ سنسکرتی کا بریک فاسٹ ملا دیا۔ مکسچر تیار۔ کلچرل موٹف کو نئے ڈھانچہ میں ڈال دیا اور نیو جنریشن کے سامنے پروس دیا۔ یہی 'فیوزن' ہے...... سکرتی سمٹتی دنیا کو، پاگل بنا دینے والی میوزک کمپنیوں کا دیا ہوا ودیشی تحفہ —''

''تمہیں فیوزن سے چڑ کیوں ہے؟''

''آپ اسے ویسے کا ویسا رہنے کیوں نہیں دیتے، جیسا کہ وہ ہے۔ لیکن نہیں۔ بات پروفیشنل منافع کی ہے — کنزیومر ورلڈ کی ہے — بازار کی ہے — آپ وہی تہذیب فروخت کریں گے جس کی ودیشوں میں مانگ ہے۔''

اس کی ہرنی جیسی آنکھیں بھی سہم سہم کر ادھر اُدھر دیکھ لیتی تھیں ''سنو۔''
اس نے آہستہ سے میرا ہاتھ تھاما
''مینن ایک ہفتہ کے لیے باہر گئے ہیں — ساؤتھ — کل آسکتے ہو۔''
''کس وقت؟''
''شام کے وقت۔''

تیزی سے آتے ہوئے آٹو کو اس نے ہاتھ دے کر روک لیا تھا ''مینن غلطی سے گاڑی کی چابی اپنے ساتھ لے گئے۔ آؤ گے نا؟''

اس نے آہستہ سے میرا ہاتھ دبایا۔ آٹو پر بیٹھی اور آٹو روانہ ہو گیا۔ میرے ہاتھ میں ایک چھوٹے سے کاغذ کی پرچی تھی جس پر اس کا ایڈریس لکھا ہوا تھا۔ لیکن یہ ایڈریس اس نے کب لکھا۔ جب وہ ہال میں تھی یا مجھے دیکھ کر وہ پہلے سے ہی مجھ سے ملنے کا من بنا چکی تھی۔

'ناری گھور رہسیہ ہے وستو ہے'..... مسکراتے ہوئے میں نے کاغذ جیب کے حوالے کر دیا۔

☆☆☆

کال بیل کی پہلی آواز پر ہی دروازہ کھل گیا۔ شاید وہ میرے انتظار میں تھی۔ میرے اندر آتے ہی اس نے 'کھٹاک' سے دروازہ بند کر دیا۔

میں نے اِدھر اُدھر دیکھا۔ ترپتی کے چہرے پر اب بھی ہوائیاں اُڑ رہی تھیں۔
''مینن صاحب کب آئیں گے؟''
''پتہ نہیں''

میں نے گھر کی سجاوٹ پر ایک نظر ڈالتے ہوئے پوچھا..... ''مینن صاحب کرتے کیا ہیں؟''
ترپتی بجھ گئی تھی۔ آہستہ سے بولی۔ ''ان کا تعلق محکمۂ آثار قدیمہ سے ہے۔''

ترپتی مینن کی آواز اس بار برف کی طرح سرد تھی ...... ''وہ ہر بار کچھ نہ کچھ برآمد کر لیتے ہیں۔ محنتی اور سخت — صرف اور صرف اپنے کام پر یقین رکھنے والے — لیکن ہر بار...... مجھے تعجب ہوتا ہے۔ کچھ نہ کچھ......''
''جیسے؟''

''کوئی ...... قدیم تہذیب — قدیم شہر......'' ترپتی مینن نے اپنی زلفوں کو جھٹکا دیا — آنچل اُس کے سیاہ جمپر سے پھسل کر گود میں آگرا تھا — لیکن ترپتی نے آنچل کو اٹھانے کی

زحمت نہیں کی۔ اُس کی عریاں باہیں نمایاں تھیں۔ 'صندلی' برہنہ بازوؤں کے گوشت آہستہ آہستہ چنگاریاں دینے لگے تھے۔ ترپتی کسی سوچ میں ڈوب گئی تھی۔

☆☆☆

''وہ باہر کچھ نہ کچھ برآمد کرلیتا ہے۔ لیکن مجھے تعجب ہے۔ وہ آج تک مجھے برآمد نہیں کر پایا۔ اپنی بیوی کو......''

ترپتی نے جیسے اپنے آنسو پوچھے ہوں! دوسرے ہی لمحے اس نے اپنے جذباتی لہجے پر قابو پالیا تھا۔ ''ارے میں تو بھول ہی گئی۔''

''کیا؟''

''آپ پہلی بار آئے ہیں اور شاید......'' اس کا لہجہ اداس تھا۔

''مینن صاحب ہوتے تو......''

''میں ہمت تو کُجا، سوچ بھی نہیں سکتی تھی۔''

''کیوں؟''

پتہ نہیں۔ وہ مسکرائی ...... ''پہلے چائے۔ آپ چائے لیں گے یا کافی۔''

''کچھ بھی چلے گا۔''

☆☆☆

ترپتی کیبن میں گئی تو میں نے اس کے کمرے کا جائزہ لیا۔ دیوار پر دو خوبصورت بچوں کی تصویریں آویزاں تھیں۔ کمرے میں ایسا بہت کچھ تھا، جو ترپتی کے ذوق وشوق کی کہانیاں بیان کر رہا تھا— دیوار پر ٹنگی تصویروں میں ایک بچہ کم از کم تیرہ سال کا ہوگا۔ دوسرا دس کے آس پاس۔ ترپتی تو اتنی عمر کی نہیں لگتی۔ کیا پتہ! ساؤتھ کے رتی رواج اور کلچر کے بارے میں ہم ابھی بھی کتنے انجان ہیں۔

ترپتی کافی لے کر آئی تو میں نے دیوار کی تصویر کی طرف اشارہ کیا—

''میرے بچے ہیں۔'' ترپتی نے سر جھکالیا۔

''تمہارے یا مینن کے؟'' میری آنکھیں اس کی آنکھوں میں سما گئی تھیں۔

''مینن کے۔ میں ان کی دوسری بیوی ہوں۔ پہلی بیوی اتفاقیہ طور پر......''

اس کا گلا بھر آیا تھا......

''تم نے کہا تھا، مینن سے تمہاری لو میرج ہوئی تھی۔''

وہ سامنے بیٹھ گئی۔ کافی آہستہ آہستہ سڑکتی رہی ''ہاں لو میرج کی تھی۔ کسی کسی لمحے کا بوجھ ساری زندگی ڈھونا پڑتا ہے۔ انہی دنوں مینن کی پتنی کا دیہانت ہوا تھا۔ وہ گھر آئے تھے۔ بابو جی سے ملنے۔ اُن دنوں ...... بزنس میں مسلسل گھاٹے کی وجہ سے سارا گھر پریشان چل رہا تھا۔ بابو جی نے مینن کے بارے میں بتایا۔ یہ بھی، کہ وہ آثار قدیمہ میں ہیں۔ سامنے بیٹھا ہوا آدمی مجھے ایسا ہی کچھ لگ رہا تھا ...... کسی کھنڈر یا قدیم تہذیب سے نکلا ہوا بس میں آہستہ سے مسکرا دی۔''

''پھر سودا ہو گیا......؟''

''ہاں۔ تم اسے سودا بھی کہہ سکتے ہو ...... گھر والوں کو صرف میری فکر تھی۔ میرا کیا ہوگا۔ میں دودھ سے بالائی کی طرف ہٹا دی گئی تو سارا نقصان پورا ہو گیا۔ میں مینن کے ساتھ خوش تھی مگر......''

کافی کا پیالہ اس نے میز پر رکھ دیا۔ میں نے اسے بغور دیکھا۔ اس نے ہلکے نیلے رنگ کی نائیٹی پہن رکھی تھی۔ نائیٹی کے 'وی' شیپ سے گولائیوں کی پہاڑی جیسی ڈھلانیں ایک بے حد خوبصورت منظر کی عکاسی کر رہی تھیں۔ نیلے پربتوں کے درمیان ایک ہلکی سی کھائی برانگیختہ کرنے والی تھی ......اس نے نظر جھکالی تھی۔

'تحفہ میں دو بچے ملے تھے۔ ان بچوں کی اپنی زندگی تھی اس زندگی میں، میں نہیں تھی۔ میں ایک نقلی عورت بن کر اس زندگی میں داخل ہونے کی کوشش تو کرتی رہی — شاید مینن کو خوش کرنے کے لئے۔ مگر...... بچوں نے صاف کہہ دیا۔

''ماں بننے کی جستجو میں دوسری عورت ایک فاحشہ بن جاتی ہے۔ فاحشہ۔ ''

مجھے وہ لمحہ یاد ہے۔ دن تاریخ یاد ہے ...... چودہ فروری ویلنٹائن ڈے -- رات سات بج کر بیس منٹ ...... فاحشہ ...... بچوں کے لفظ چہرے پر آکر جھرّیاں بن گئے — پل میں خوشیوں کے انگور سوکھ کر کشمش ہو گئے — مجھے لگا بچوں نے ریوالور کی تمام گولیاں میرے بدن میں اتار دی ہیں۔ میں چیختی ہوئی غصے سے پلٹی تو وہیں کنارے میز پر -- جلتے ہوئے لیمپ کی روشنی میں مینن بہت سے کوڑے کباڑ کو تحسین آمیز نظروں سے دیکھ رہا تھا ......

''تم نے سنا۔'' میں روتی چیختی ہوئی زور سے گرجی تھی۔

''ہاں سنا۔ مگر یہ دیکھو...... یہ......'' اس کے چہرے پر ذرا بھی شکن نہیں تھی...... میں سانسوں کے رتھ پر سوار تھی...... جیسے لکڑی کے 'سانچے' سے — لحاف میں روئی بھرنے والے — روئی دُھنکتے ہیں۔ میں سانسیں 'دھنک' رہی تھی...... مینن کہہ رہا تھا۔ ''یہ دیکھو......''

میں دیکھ رہی تھی۔ میز پر کباڑ پڑا تھا...... ہاں کباڑ۔ جیسے کبھڑ یا گندہ نالا صاف کرنے والے پرانی ٹوٹی پھوٹی اشیاء کو دھو پوچھ کر رکھ لیتے ہیں......

میں سانسیں 'دھن' رہی تھی...... ''ان بچوں نے مجھے......''

''رنڈی کہنے سے کوئی رنڈی نہیں ہو جاتا...... سنا تم نے......'' اس کا چہرہ تاثر سے عاری تھا۔ میں نے ایک تیز چیخ ماری...... غصے میں میز الٹ دی۔ دوسرے ہی لمحے مینن کے لات جوتوں کی زد میں تھی۔ وہ مجھے ویسے ہی دُھن رہا تھا جیسے لحاف میں پرانی روئی بھرنے والے...... وہ مجھ پر سڑی گلی گالیوں کی بوچھار کر رہا تھا۔ بچے مشینی انداز میں پڑھائی کرنے میں لگے تھے۔

مینن چیخ رہا تھا...... ''جاہل عورت۔ پتہ ہے تم نے کیا کر دیا— تہذیب۔ قدیم تہذیب...... ارے آرکیا لوجیکل سروے سے ملی تھیں یہ نادر چیزیں — بدقسمت عورت۔ برسوں کی کھوج کے بعد تو یہ خزانہ ملا تھا۔ ہم جس کے لیے مدتوں بھٹکتے رہے ہیں۔ تال سے پاتال تک...... اسٹوپڈ...... ڈاٹر آف سوائن۔ بچ......'' اس نے مجھے دیوار کی طرف ڈھکیلا ''شکل دیکھی ہے...... بچے ٹھیک کہتے ہیں۔ بچے کوئی غلط نہیں کہتے......''

''میں فاحشہ ہوں''...... تڑپی، اچانک میرے سامنے آکر تن گئی تھی— اتنے قریب کہ میں سانسوں کی سرگم سننے لگا تھا...... میں فاحشہ ہوں...... میرے بدن کے 'تاروں' سے روئی کے گولے بکھرتے چلے گئے۔ اس نے نائیٹی ہوا میں اڑا دی...... میں نے اسے مضبوط بانہوں کے شکنجے میں لے لیا۔

'رُوئی دھننے والے' کی آواز آہستہ آہستہ مدھم ہوتی ہوئی ایک دم سے کھو گئی — وہ اٹھی۔ نائٹی پہنی۔ دل کھول کر مسکرائی۔ میرے گالوں کو پکڑ کر زور سے بوسہ لیا۔ آہستہ سے بولی — تھینک یو۔'' واش بیسن پر پانی کے دو چار چھینٹے چہرے پر مارے، پھر مسکراتی ہوئی سامنے آکر بیٹھ گئی......

میں نے آہستہ سے پوچھا۔

''وہ بچوں کو بھی لے گیا.....؟''

''ہاں - میرے پاس اکیلے رہنے سے وہ اور بچے دونوں ہی خود کو ان سکیور فیل کرتے ہیں۔''

''شاید اسی لیے تمہاری آتما بھٹکتی رہتی ہے۔ کبھی میگزین کا دفتر، کبھی آرٹ گیلری، کبھی میوزک ورکشاپ___''

''میں ایک آتر پت آتما ہوں۔'' وہ ہنس رہی تھی ..... ''شاید اسی لیے ماں باپ نے مذاق کے طور پر میرا نام ترپتی رکھ دیا۔''

میں نے کپڑے پہن نہیں لیے تھے ___ وہ اچانک اٹھی۔ بے اختیار ہو کر ایک بار پھر میرے جسم سے لگ گئی۔ وہ رو رہی تھی۔

''ترپتی ..... ترپتی'' ..... میرے ہاتھ بارش بن گئے تھے ..... اُس کے جسم کے لیے ..... اس کے تھرتھراتے مچلتے جسم کے لئے۔ وہ ہر جگہ برس رہے تھے۔ بوسوں کی بارش کر رہے تھے ..... پھر جیسے بجلی تیزی سے گرجی۔ اسے جیسے غلطی کا احساس ہوا ہو۔ وہ تیزی سے پیچھے ہٹی۔ میری طرف دیکھ کر ہنسی ..... پھر بولی .....

''آخر اسے ایک تہذیب مل گئی جس کی کھوج میں وہ برسوں سے لگا تھا۔ ایک قدیم تہذیب ..... یہ اس ڈراونے ویلنٹائن ڈے کے چوتھے دن بعد کا قصہ ہے۔ سوری، ہماچل وغیرہ میں برف گری تھی شاید۔ سردی اچانک تیز ہو گئی تھی ..... وہ رات کے 3 بجے آیا۔ میں سو گئی تھی۔ عام طور پر جب میں اکیلے ہوتی ہوں بیڈروم میں ___ تو برائے نام لباس پہنتی ہوں ..... وہ مجھے اٹھا رہا تھا۔ جانوروں کی طرح.....''

''ہوہو.....اٹھو.....اٹھو۔''

''میں نے سمجھا، ایک جانور پیاسا ہے۔ عام طور پر وہ اسی طرح، ایک بے حس جانور کی طرح اپنی بھوک مٹاتا تھا۔ رات کے تین بجے اُٹھا کر اس نے مجھے صوفہ پر بٹھا دیا۔ وہ خوشی سے جھوم رہا تھا۔ 'جھومر' کی طرح مسکراہٹ اس کے پور پور سے روشنی دے رہے تھی۔

''بولو۔ اُٹھایا کیوں۔ میں گہری نیند میں تھی۔''

''مل گیا۔ یوریکا'' اسے میرے لفظوں کی، نیند کی فکر نہیں تھی ...... ''تمہیں یاد ہے......''
وہ کمرے میں ٹہل رہا تھا— میں نے بتایا تھا نا، 1991ء کے آس پاس جرمن سیاحوں کو آلپس کی پہاڑیوں پر ٹہلتے ہوئے انسانی اعضاء ملے تھے۔ یاد ہے؟ وہ بیسویں صدی کی سب سے عظیم دریافت تھی— سب سے عظیم دریافت۔ گیارہ برس بعد— اس کے ٹھیک گیارہ برس بعد۔ آہ تم یقین نہیں کروگی مگر ہم دنیا بدل دیں گے۔ تاریخ نئے سرے سے لکھی جائے گی۔ میں ان کچھ لوگوں میں سے ایک تھا— گجرات کے ساحل سے 30 کلومیٹر دور کھمباٹ کی کھاڑی میں ایک عظیم خزانہ ہاتھ آ گیا ہے۔ سونو فوٹوگرافی۔ تمہیں یاد ہے نا، چار دن پہلے......''

''جلتے ہوئے گجرات میں، عظیم خزانہ......''

''ہاں مجھے یاد ہے۔'' ...... میرے لہجہ میں ناگواری تھی ...... ''چار دن پہلے، ویلنٹائن ڈے کے دن جو کچھ ہوا میں اسے کبھی بھول نہیں سکتی۔''

''بھولنا بھی نہیں چاہئے ......'' سین کے لہجہ میں کہیں بھی دکھ یا اداسی کی جھلک نہیں تھی۔ 'جھومر' جیسے اندھیرے میں سوئچ کی حرکت سے روشنی کی طرح بکھر گیا تھا ......
''سونو فوٹوگرافی سے نکلی تصویریں جب لیب سے باہر آئیں تو ہمیں اچانک احساس ہوا— سمندر میں 40 میٹر نیچے دفن قدیم ترین تہذیب اچانک رنگین ستاروں کی طرح ہماری قسمت سے جوڑ دی گئی ہے......ایک قدیم شہر، موہن جداڑو کی طرح رہائشی مکانات— سیڑھیوں کی طرح نیچے اترتے پوکھر— تالاب۔''

''اور سب کچھ گجرات کے ساحلی علاقے میں......''

''میری آنکھیں نیند سے بوجھل ہو رہی تھیں۔ میں دیواروں کا خیال رکھتے ہوئے چیخی۔'' میں بھی ایک عظیم پوکھر ہوں۔ ایک عظیم تالاب ہوں اور انتہائی قدیم۔ تمہیں اس عظیم پوکھر میں بہتے پانیوں کے اشارے کیوں نہیں ملتے؟''

اس نے میری آواز کو نظر انداز کیا ...... وہ بتا رہا تھا۔ تہذیبیں کہیں جاتی نہیں ہیں۔ وقت کے ڈائناسور انتہائی خاموشی سے انہیں نگل جاتے ہیں— تہذیبیں 'ممی' سے باہر نکلنے کا انتظار کرتی رہتی ہیں۔ آہ، تم نہیں جانتی ...... میں کس قدر خوش ہوں۔ سمندر کے گہرے پانی میں 90 کلومیٹر کے دائرے تک، اس قدیم تہذیب کی نشانیاں پھیلی ہوئی ہیں— قدیم شہر— ایک پورا شہر ندی میں سما گیا— سندھو گھاٹی کی تہذیب کی طرح۔ یہ شہر اسی طرح کا ہے جیسے

ہڑپا کے برآمدات میں پایا گیا تھا— مٹی کی بنی ہوئی نالیاں۔ کچی سڑکیں۔ چھوٹے چھوٹے مٹی کے گھر۔ پتھر کے تراشے اوزار۔ گہنے ... مٹی کے ٹوٹے پھوٹے برتن - جواہرات — ہاتھی کے دانت اور...... ''وہ مسکرا رہا تھا۔'' سب کچھ یعنی 7500 ق۔م۔ یعنی قبل مسیح کا۔''

''یہ سب مجھے کیوں سنا رہے ہو؟''

وہ آگے بڑھا۔ ''میرے جسم پر یوں بھی کپڑے اس وقت برائے نام تھے ... اس نے باقی بچے کپڑے بھی جسم سے الگ کردیئے..... اس لیے کہ ''میری آثار قدیمہ تمہیں اب انہیں کھنڈروں میں بیٹھانا چاہتا ہوں ..... لیکن اس سے پہلے تمہارے ان کھنڈروں پر ریسرچ کرنا چاہتا ہوں.....اس نے ایک بھدّی گالی دی۔ مجھے بستر تک کھینچنا چاہااور شاید......''

وہ ہانپ رہی تھی ..... یہ اس کے ساتھ مسلسل، گزر رہے لمحوں کا جبر تھا کہ میں نے الٹا ہاتھ اس کے گال پر جڑ دیا۔

''کتیا......'' وہ ہانپ رہا تھا...... ''ایک بہت قدیم تہذیب برآمد کرنے کے بعد مجھے تمہارے ٹوٹے پھوٹے کھنڈر کی ضرورت نہیں ہے۔''

اس نے مجھے دھکا دیا اور خود کو بستر پر سونے کے لیے ڈال دیا— میں زمین کے تنہا گوشہ میں دیر تک اپنے آنسوؤں کا شکار ہوتی رہی......

☆☆☆

''پھر کیا ہوا، اس نے تمہیں ڈیوورس دے دیا؟''

''نہیں۔'' وہ مسکرانے کی کوشش کر رہی تھی ...... ایسے لوگوں کو جانتی ہوں۔ جان گئی ہوں۔ ایسے لوگ ڈرپوک ہوتے ہیں۔ زندگی کے بارے میں بہت دور تک دھوپ اور سایہ دیکھنے والے..... ایسے لوگ قدم قدم پر ان سکیورٹی کے مارے ہوتے ہیں— مینن بھی ایسے ہی جذبہ سے دوچار تھا— میرے بعد ......؟ اپنی، جسمانی اور بچوں کی ...... تریتی مینن میری طرف مڑ گئی تھی۔ تمہیں کیا لگتا ہے ایسے لوگ جیت سکتے ہیں؟ نہیں ...... کسی ایک لمحے کا— بولا گیا سچ ان کی اپنی ذات پر بھاری پڑتا ہے۔ دوسرے دن وہ ایک سدھا ہوا بلڈاگ بن گیا تھا— میرے قدموں پر لوٹتا ہوا۔ بچے اسکول جا چکے تھے۔ مجھے اچھی طرح یاد ہے۔

ترپتی آگے بڑھ کر کھڑکی کے پٹ کھول رہی تھی۔ باہر رات کی سیاہی مکمل طور پر چھا چکی تھی۔ ٹھنڈ بڑھ گئی تھی۔ تیز ہوا کے جھونکے کھڑکی کھولتے ہی اندر ہمارے جسموں میں داخل ہو گئے۔

''ہوا تیز چل رہی ہے، نہیں؟''

''ہاں۔''

''باہر کہرے کا احساس چہرے پر کیسا لگتا ہے۔ آں؟ جیسے ایک نم سی ٹھنڈی، روئی آپ کے چہرے پر رکھ دی گئی ہے...... ہے نا؟''

وہ پھر مسکرائی — میں کہاں تھی۔ ہاں، یاد آیا۔ وہ ایک سدھے ہوئے بلڈاگ کی طرح اپنے نتھنے، میرے جسم پر رگڑ رہا تھا۔ کتا — مجھے ابکائی آ رہی تھی۔ تیز نفرت محسوس ہو رہی تھی۔ وہ سیکس کے بخار میں جل رہا تھا۔

''پتہ نہیں کیا ہو جاتا ہے مجھے۔ کل رات...... معاف کر دو ترپتی'' اس کے کھردرے، بن مانس جیسے ہاتھ میرے جسم پر مچل رہے تھے۔ وہ میرے کپڑے کھول رہا تھا۔ میں نے کوئی احتجاج نہیں کیا۔ میمنے کی طرح معصومیت سے، اپنے غصّے کو دبائے اس کے جانور نما پنجوں کا کھیل دیکھتی رہی...... جب وہ میرے کپڑے اتار چکا اور کسی جنگلی بھیڑیے کی طرح اپنی ہوس پوری کرنے کے لیے تیار تھا — ایک دم اسی وقت، میں کسی جنگلی بلی کی طرح غرائی — دھب سے زمین پر کود دی — غصّے میں اسے پرے ڈھکیلا — کپڑے پہنے اور چلائی۔

''یو، سن آف بلڈی سوائن۔ تمہاری ہمت کیسے ہوئی......؟''

وہ جل رہا تھا۔ وہ اپنے بدن کی آگ میں جل رہا تھا۔ وہ گڑگڑا رہا تھا۔ وہ اپنے بھوکے بدن کی دہائیاں دے رہا تھا۔ میں کسی فاتح کی طرح مسکرائی۔ اس بار اسے سیراب کرنے کے لیے میں نے سکندر بادشاہ کی طرح فتح کا سہرا اپنے سر لکھ لیا تھا......

ترپتی نے کھڑکی بند کر دی...... ''چلو، اس حادثے کو بھی بھول گئی میں...... بھولنا پڑتا ہے۔'' وہ چلتی ہوئی میرے قریب آئی۔ میری جانگھوں پر بیٹھ گئی۔

''سنو۔ تمہارے یہاں کون کون ہیں؟''

''ملوگی؟''

''ہاں۔ ملنا چاہوں گی۔''

''میبن آگئے تو؟''

''اب میں اسے ڈرانا چاہتی ہوں — وہ میرے شرٹ کے بٹن سے کھیل رہی تھی۔ کھیلتے کھیلتے خود بولی......

''ایک بیوی ہوگی!''

''ہاں''

''اسے بتاؤ گے کہ تم سے ایک ندی کی لہر ٹکرائی تھی۔—''

''نہیں''

''ڈرتے ہو۔''

''ڈرنا پڑتا ہے۔ بیویاں صرف ایک سمندر ..... سمندر کی صرف ایک لہر سے واقف ہوتی ہیں — دوسرے لفظوں میں کہوں تو وہ ساری لہروں پر خود ہی حکومت کرنا چاہتی ہیں۔''

وہ ہنس رہی تھی ......''اور کون ہے؟''

''ایک بیٹا''

''کتنے برس کا؟''

''آٹھ برس کا''

''اور......''

میں نے اسے جانگھوں سے پرے کیا۔ شریانوں میں گرم گرم طوفان کی آمد سے خود کو بچانا چاہتا تھا۔

''تم نے بتایا نہیں۔ اور کون ہے......''

''ایک بیٹی ہے۔ مگر......''

''مگر......؟''

''نہیں۔ وہ ہے نہیں۔ میرا مطلب ہے، وہ بن رہی ہے ......بس وہ بن رہی ہے اور ایک دن یقین جانو وہ پوری طرح بن جائے گی۔''

اس نے چونک کر تعجب سے مجھے دیکھا۔

''پہلیاں مت بجھاؤ''

''دراصل۔۔ '' میں نے اپنا جملہ مکمل کیا۔۔۔۔ ''وہ انکیوبیٹر میں ہے اور مسلسل بننے کے عمل میں ہے۔ ''

''کیا مجھے ملواؤ گے؟''

ترپتی نے اپنا بدن ایک بار پھر میرے بدن پر ڈال دیا تھا—

☆☆☆

لفٹ پانچویں فلور پر رک گئی تھی۔ یہ اسپتال کا نرسری وارڈ تھا۔ فلی ایئرکنڈیشنڈ— باہر ایک لمبی راہداری چلی گئی تھی۔ ترپتی نے آہستہ سے میرا ہاتھ تھام لیا— شیشے کے بنے دروازوں سے گزرتے ہوئے ہم 'ماتر توسدن' کے بورڈ کے آگے ٹھہر گئے—

''یہاں جوتے اتارنے ہوں گے۔''

ترپتی کے پاؤں جاپانیوں اور چینی عورتوں کی طرح چھوٹے اور ملائم تھے۔ گیٹ کیپر نے دروازہ کھول دیا۔ دروازے کے اندر شیشے کی ایک عجیب سی دنیا تھی۔ ترپتی حیرت سے شیشے کے اس پار دیکھ رہی تھی۔ شیشے کے اس پار بھی شیشے کے کتنے ہی چھوٹے چھوٹے گھروندے بنے ہوئے تھے— ایسے ہر گھروندے میں نیلے بلب جل رہے تھے۔

''نیل کہاں ہے؟'' ترپتی کی آنکھوں میں تجسس تھا۔

وہاں ان گنت انکیوبیٹرس تھے۔ ترپتی کی انگلیاں تیر رہی تھیں۔ وہاں۔۔۔۔''

''نہیں نہیں؟''

''وہ؟''

''وہ بھی نہیں۔۔۔۔''

''اچھا وہ۔۔۔۔ دائیں طرف۔۔۔۔''

''نہیں۔۔۔''

''پھر نیل کہاں ہے؟''

''نیل وہ رہی''

''مگر۔ وہ انکیوبیٹر تو خالی ہے۔۔۔۔'' ترپتی چونک گئی تھی۔

''خالی نہیں ہے۔ غور سے دیکھو۔''

''خالی ہے!'' ترپتی کا لہجہ اُداسی سے پُر تھا۔

''ہے نا ..... میں نے کہا تھا۔ وہ بن رہی ہے — ''میں نے ترپتی کا ہاتھ زور سے تھام لیا تھا..... یاد ہے ترپتی۔ میں نے کہا تھا، عورت ہر بار بننے کے عمل میں ہوتی ہے۔ ایک بے چین آتما ..... ایک یونانی دنت کتھا میں پڑھا تھا — عورت کی جون میں پرویش سے پہلے، آتما دھرتی کی سو پریکر مائیں پوری کرتی ہے۔ تمہاری آتما بھی بے چین تھی۔ کبھی ساہتیہ، کبھی آرٹ اور کبھی .....''

ترپتی میری طرف تیزی سے مڑی۔ ہنستے ہوئی بولی

''سنو۔ اس انکیو بیٹر میں میں ٹن کو ڈال دوں؟''

''نہیں''

میرا لہجہ نپا تلا تھا..... ''سب سے پہلے ابھی تمہیں اس انکیو بیٹر سے باہر نکلنا ہے۔''

میں نے اس کی طرف نہیں دیکھا..... اس کا ہاتھ تھام کر باہر آ گیا　لفٹ کے بٹن پر انگلیاں رکھتے ہوئے بھی میں نے اس کی طرف پلٹ کر نہیں دیکھا —

ممکن ہے وہ انکیو بیٹر میں رہ گئی ہو..... یا ممکن ہے شوبھ کے آثار قدیمہ میں بھٹک رہی ہو!

☆☆☆

منتخب جدید افسانوں کا ایک اور مجموعہ

جدید اردو افسانے (حصہ: 3)

مرتبہ : مشرف عالم ذوقی

بین الاقوامی ایڈیشن جلد منظر عام پر آرہا ہے